KB097759

세계문학공부

양자오(楊照)

중화권의 대표적인 인문학자.

언론·출판·교육 분야에서 다채롭게 활약하며, 『타임』이 선정한
아시아 최고의 서점 청핀에서 10년 넘게 교양 강의를 하고
있다. 소설가로서 여러 권의 문예평론집을 쓰기도 했다. 라디오
프로그램에서 좋은 책을 소개하며 꾸준히 대중과 소통하는
진행자이기도 하다. 『이야기하는 법』과 『추리소설 읽는 법』 등을
썼고, 동서양 고전을 일반 독자의 눈높이에 맞춘 저술로 독자와
텍스트를 잇는 가교 역할을 하고 있다.

김택규

중국 현대문학 박사이자 전문 번역가. 중국 현대소설 시리즈
'묘보설림'을 기획한 바 있고 『논어를 읽다』를 포함하여
양자오 선생의 중국 고전 강의 시리즈 대부분을 번역했다.
『번역가 되는 법』과 『번역가K가 사는 법』을 썼고 『아Q정전』,
『나 제왕의 생애』 등의 문학 작품을 비롯한 60여 권의 책을
우리말로 옮겼다.

이야기를 위한 삶

이야기를 위한 삶
: 마르케스 읽는 법

양자오 지음

김택규 옮김

유유

가브리엘 마르시아 마르케스 읽기 지도

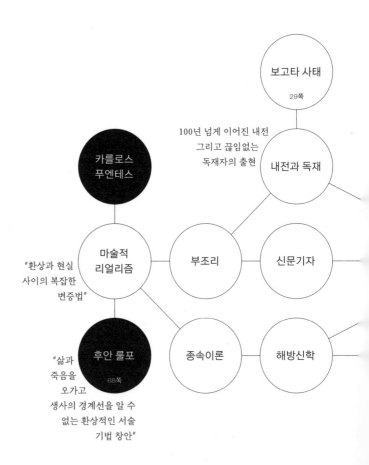

보고타 사태

29쪽

100년 넘게 이어진 내전
그리고 끊임없는
독재자의 출현

내전과 독재

카를로스
푸엔테스

마술적
리얼리즘

부조리

신문기자

"환상과 현실
사이의 복잡한
변증법"

후안 룰포

68쪽

종속이론

해방신학

"삶과
죽음을
오가고
생사의 경계선을 알 수
없는 환상적인 서술
기법 창안"

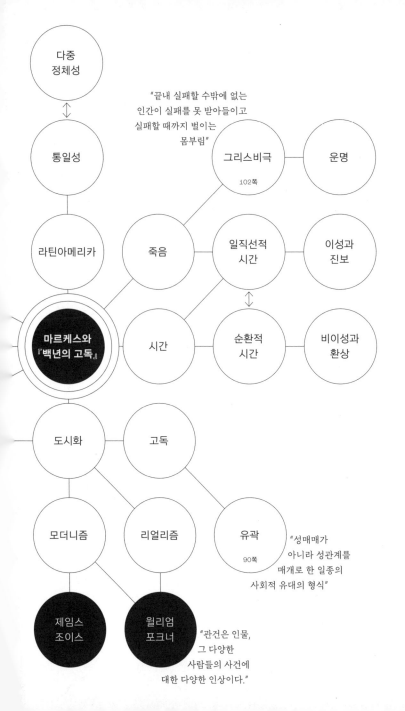

다중
정체성

통일성

라틴아메리카

마르케스와
『백년의 고독』

"끝내 실패할 수밖에 없는
인간이 실패를 못 받아들이고
실패할 때까지 벌이는
몸부림"

그리스비극

102쪽

운명

죽음

일직선적
시간

이성과
진보

시간

순환적
시간

비이성과
환상

도시화

고독

모더니즘

리얼리즘

유곽

90쪽

"성매매가
아니라 성관계를
매개로 한 일종의
사회적 유대의 형식"

제임스
조이스

윌리엄
포크너

"관건은 인물,
그 다양한
사람들의 사건에
대한 다양한 인상이다."

들어가는 말

다중 시간을 서술한 괴작

─ 가브리엘 마르시아 마르케스가 그려 낸 절경

20여 년 전 나는 '2·28사건'*을 배경으로 내 외할아버지의
경험을 일부 소재로 삼아 「어두운 영혼」黯魂이라는 단편소
설을 쓴 적이 있다. 그 소설은 발표 후 많은 주목을 받아 전
후로 열 권 이상의 선집에 수록되면서 내 창작 인생 초기의
'대표작'이 되었다.

　「어두운 영혼」은 그 당시 가장 인기 있고 새로운 소설
스타일이었던 마술적 리얼리즘을 사용했다. 소설의 주인
공 옌진수가 자기 인생에서 마지막으로 거울을 보았을 때
거기에 그가 죽을 때의 영상이 미리 비친다. 내가 이런 기법
을 사용한 것은 당연히 가브리엘 가르시아 마르케스가 쓴

---

* 1947년 2월 27일 국민당 경찰의 폭력에 항의해 봉기한 타이완 군
중을 대륙에서 증파된 국민당 군대가 진압하며 3만 명을 살상한 사
건. 1988년 국민당 정부의 리덩후이 총통이 공식 사과하기까지 40년
넘게 언론통제로 언급이 금기시되었다. (옮긴이)

『백년의 고독』의 영향을 받았기 때문이다.

　나는 그전에 양나이둥楊耐冬 선생의 중역본을 보았으며, 나중에 또 타이완대학 건너편의 솽예雙葉서점에서 영역본을 찾아내 처음부터 다시 읽었다. 그래서「어두운 영혼」을 쓰기 시작했을 때는『백년의 고독』을 거의 두 번 읽은 상태였다. 여기에서 '거의'라고 말한 것은 두 번 읽긴 했어도 정말로 다 읽지는 않았기 때문이다. 중역본을 읽을 때나 영역본을 읽을 때나 똑같이 마지막 3분의 1이 남았을 때 '아까워서 차마 다 못 읽겠다'는 느낌이 강하게 들었다. 틀림없이 소설의 마지막에 놀랄 만한 결말이, 앞의 그토록 기묘하고 풍부한 서사를 기막히게 마무리하는 결말이 있을 것 같았다. 동시에 그런 결말을 읽으면 심신을 다 휘젓는 황홀한 느낌이 들면서 가장 높고도 깊은 독서의 경지에 이를 것 같았다. 바로 그런 예감 때문에 너무 빨리 그 궁극의 지점에 이르지 않으려고 시간을 끌었다.

　「어두운 영혼」을 다 쓰고 나서 나는 그 독서의 절경으로 나아가야 하고, 또 나아가도 된다는 것을 알았다. 다시 중역본을 꺼내 첫 글자부터 읽기 시작해 이번에는 마지막 글자까지 내처 읽었다.

읽는 과정에서 나는 불가피하게 내가 흉내 낸 마술적 리얼리즘이 마르케스의 진짜 마술적 리얼리즘과 얼마나 거리가 먼지 깨달았다. 동시에 왜 마르케스가 쓸 수 있었던 것을 나는 쓸 수 없었는지 도저히 이해가 안 갔다.

나는 특별히 시간의 문제에 주목했다. 내 소설에서는 뒤섞인 기억을 단일한 서사 시간 속에 거꾸로 서술했다. 그런데 마르케스는 비슷해 보이기는 해도 전혀 달랐다. 나는 그의 시간 배열을 자세히 분석하고 나서 온몸에 식은땀이 났다. 그는 서로 다른 시간대를 계속 옮겨 다녔다! 나는 그의 서사 시간이 중역본의 표현 한계를 넘어서는 게 아닌가 싶어 영역본을 꺼내 대조해 보았다. 아, 과연 그랬다.

계속 분석하고 대조하며 텍스트 속을 배회하다 마침내 마콘도의 운명의 종점에 다다랐다. 마지막 단락, 마지막 문장을 다 읽었을 때 나는 흥분을 가라앉힐 수 없었다. 내 기대와 믿음이 실현되어서만이 아니었다. 『백년의 고독』에서 인물이 「어두운 영혼」과 마찬가지로 결말에서 자신의 죽음을 예견하고 또 죽는 상황에 대한 답을 얻는다는 게 더 중요했다.

어떻게 이럴 수 있을까? 『백년의 고독』을 다 읽지도

않은 내가 어떻게 『백년의 고독』과 똑같은 결말을 가진 소설을 썼을까? 순전한 우연일까, 아니면 『백년의 고독』 안에 이미 결말에 관한 암호가 숨겨져 있어서 이야기가 그런 식으로 마무리될 수밖에 없다고 내가 무의식중에 느낀 것일까? 그렇다면 그 암호는 또 무엇일까?

어떤 의미에서 이 책의 내용은 당시 내가 느낀 이런 의혹에 관한 지속적인 사유의 결과다. 소설 창작자의 정체성에서 출발해 여러 차례 독자와 연구자의 정체성 사이를 오락가락하며 계속 검증하고 따져 묻는 중에 청핀誠品아카데미의 '현대 고전 자세히 읽기'라는 강좌를 맡게 되어 마침내 그 의혹을 정리할 수 있었다. 그런데 여러 정체성의 입장에서 사유해 온 탓에 불가피하게 내 담론의 방식도 여러 층위를 넘나들었다. 정리하는 과정에서 나는 다양한 시각을 오가는 그런 스타일을 남겨 두어 내 참된 사유의 경험을 반영했다.

이렇게 마르케스와 『백년의 고독』을 만나고 사유한 나의 경험이 역시 마르케스와 『백년의 고독』을 만나고 사유하고 나아가 즐기려 하는 여러 독자에게 도움이 될 수 있을 것이다.

라틴아메리카의 정체성

가브리엘 가르시아 마르케스에 관해 이야기하려면 1948년 4월 콜롬비아 보고타에서 열린 제9회 미주회의를 언급해야만 한다.

미주회의Pan-American Conference가 무엇일까? 이것은 북아메리카와 남아메리카 국가들이 공동으로 여는 정상회의다. 미주회의의 리더는 아메리카 대륙에서 가장 강대한 국가인 미국이며, 미국은 이 회의를 통해 미국의 외교 정책에 대한 라틴아메리카 국가들의 협조를 도모한다.

1948년은 제2차 대전이 끝난 지 3년째 되는 해였고,

이 미주회의의 주역은 당연히 미국이 파견한 대표 조지 마셜 장군*이었다. 이 마셜이라는 이름은 거의 '전후 재건'의 대명사로, 유럽이 전후의 폐허에서 다시 일어설 수 있게 도운 미국의 핵심 원조 계획을 이른바 '마셜플랜'이라고 한다. 일찍이 미육군 참모총장이었던 마셜은 전후에 미국의 가장 중요한 외교관이 되었다.

마셜은 미국 대표단을 이끌고 보고타에 도착해 미주회의를 주도하며 전후 라틴아메리카의 경제 재건을 논의했다. 제2차 대전은 아메리카 대륙에서는 벌어지지 않았고 특히 라틴아메리카는 전쟁 중에 피해와 영향이 가장 적은 지역이었을 것이다. 하지만 아무리 그렇다고 하더라도 전쟁이 초래한 전 지구적 정치·경제 세력의 거대한 이동과 변화에서 라틴아메리카만 자유로울 수는 없었다.

짧은 30년 동안 유럽, 특히 서유럽은 두 번의 세계대전을 통해 무참히 파괴되고 유린당해 더 이상 전통적인 서구 맹주의 지위를 유지할 수 없었다. 이에 미국과 소련이 부상하여 유럽을 대신해 세계의 주도권을 차지했다.

라틴아메리카는 전통적으로 다중 정체성의 문제를 갖고 있었다. 한편으로는 구舊 식민 종주국(스페인과 포르투갈)의 정체성을 갖고 있었고, 다른 한편으로는 당연히 구

---

* George Catlett Marshall(1880~1959). 미국의 군인이자 외교가다. 제2차 대전 이후 중국에 건너가 국민당과 공산당의 군사적 충돌을 조정했지만 실패했고, 나중에 '유럽 부흥 계획'을 제안해 서구 경제를 일으키는 데 성공함으로써 1953년 노벨평화상을 받았다.

식민 종주국에 반대하여 라틴아메리카 본토가 중심이 돼야 한다고 주장하는 정체성이 있었다. 하지만 이런 본토 정체성이 조금 더 상승해 '범아메리카'Pan America를 강조하기만 하면 곧장 또 하나의 민감한 의제와 부딪혔다. 그것은 바로 그들의 북쪽 이웃인 저 강대하고 패권적인 미국을 어떻게 상대해야 하느냐는 것이었다.

범아메리카에서 미국을 배제할 방법은 없었다. 라틴아메리카 국가들이 스스로 단결해 자신을 배제하도록 미국이 허용할 리 없었다. 이미 1832년에 미국이 채택한 먼로주의의 입장을 보면 아메리카는 유럽을 멀리하고 나아가 유럽에 대항하는 정체성을 추구할 수 있고 추구해야 하며, 또 단결하여 유럽의 영향과 착취에 저항할 수 있고 저항해야 한다고 했다. 하지만 이것은 반드시 미국이 중심이 돼야 한다는 전제를 가졌다.

라틴아메리카 국가들에 이것은 진정한 자율적 해방이 아니었다. 새 보스가 옛 보스를 대체한 것일 뿐이었다. 그래서 자연히 그들은 두 보스 사이를 오락가락하며 최대한의 이익과 안전보장을 도모했다. 때로 그들은 미국 편에 붙어 유럽에 대항했지만 미국의 압박이 너무 심하면 다시 유럽 세력을 찾아가 함께 미국에 맞섰다.

그런데 1948년에 이르러 오랫동안 유지돼 온 그런 상황이 완전히 바뀌었다. 그때는 구 식민 종주국인 스페인과 포르투갈은 말할 것도 없고 더 강대했던 영국, 프랑스까지 미국의 경제원조에 의존하고 있었다. 그래서 라틴아메리카를 신경 쓸 여력이 없었고 라틴아메리카를 위해 기꺼이 미국의 심기를 거스르는 위험을 무릅쓸 가능성은 더더욱 없었다. 이제 라틴아메리카 국가들이 미국의 패권에 완전히 굴복하려 하지 않는다면 유일한 선택은 소련 쪽에 붙는 것뿐이었다. 1948년 미주회의에 미국은 만반의 준비를 갖추고 왔다. 다시 말해 경제원조와 합작 계획으로 라틴아메리카 국가들을 묶어 둠으로써 미국의 뒷마당에 소련의 손길이 닿지 못하게 할 심산이었다.

새로운 냉전 상황에서 미소 간 대립이 점차 형성되어 미국이 극도로 미주회의를 중시하자, 당연히 라틴아메리카 국가들 내부의 반미 세력도 미주회의를 가장 중요한 결전장으로 간주했다. 반미 세력이 집결한 주요 방식은 바로 같은 시기에 '라틴아메리카 학생대회'를 연 것이었다. 당시 그 대회에 참가하러 온 이들 중에는 훗날 쿠바혁명의 리더로 활약하고 수십 년간 쿠바를 통치한 피델 카스트로도 있었다.

카스트로는 4월 초에 보고타에 도착해 계속 콜롬비아 현지의 주요 좌파 정치인들을 만났으며, 4월 9일 오후 1시 20분에는 쿠바 학생들을 데리고 콜롬비아 자유당의 호르헤 엘리에세르 가이탄을 방문할 계획이었다. 그런데 4월 9일 오후 1시 5분, 약속 시간 15분 전에 가이탄은 막 식사를 마치고 카스트로와 쿠바 학생들을 접견하러 사무실로 돌아오는 중에 길에서 암살당했다. 카스트로 등이 자유당 사무실에 도착했을 때 콜롬비아의 야당 지도자는 나중에 공개된 조사보고서에 따르면 정신병원에서 탈출한 미치광이의 근접 총격으로 이미 사망한 상태였다.

이 사건은 예삿일이 아니었다. 오늘날 우리는 카스트로가 중요한 역사적 인물이라고 생각하지만 1948년 당시에는 가이탄이 카스트로보다 훨씬 더 유명했다. 콜롬비아는 1950년에 대통령선거가 예정돼 있었고, 1948년 당시 콜롬비아의 정국에 관심이 있던 이들은 대부분 가이탄이 2년 뒤 대선에서 승리할 것이라고 보았다. 이처럼 콜롬비아의 다음 대통령이 될 사람이 갑자기 길에서 암살을 당했는데 그것이 어떻게 심각한 일이 아닐 수 있었겠는가.

바나나 대학살

지도를 보면 우리는 콜롬비아가 남아메리카 북서부에 있고
지형에 따라 영토가 크게 두 부분으로, 즉 보고타가 있는 산
악 지역과 카리브해 연안 지역으로 나뉘는 것을 알 수 있다.
식민지 시대에 콜롬비아는 카리브해 연안부터 발전이 시작
되었다. 먼저 있던 스페인인과 나중에 들어온 미국인이 연
안에 철도를 건설했는데, 그 지역의 대규모 바나나 농장들
을 연결하는 것이 목적이었다. 현지 콜롬비아인의 교통이
나 생계와는 전혀 무관했다.

콜롬비아는 남아메리카 북서부에
있으며, 보고타가 있는 산악 지역과
카리브해 연안 지역으로 영토가
나뉜다.

대규모 바나나 농장은 콜롬비아 식민지 경제의 가장 중요한 수입원이었다. 하지만 그 수입의 대부분은 콜롬비아인과 콜롬비아 농민의 것이 아니었고 고스란히 미국과 유럽 식민자의 호주머니로 들어갔다. 카리브해 연안의 바나나 농장들은 이 때문에 식민 통치의 심각한 폐해를 상징했다. 현지의 바나나 생산은 미국 회사들이 엄격하게 통제했다.

통제 시스템의 일환은 기차를 이용해 모든 바나나 농장을 연결하는 것이었다. 그래서 콜롬비아인이 기차에 대해 갖고 있던 이미지는 우리가 보통 이해하고 상상하는 것과는 크게 달랐다. 우리가 기차에 관해 이야기할 때 생각하는 것은 대부분 사람이 타는 객차다. 그런데 콜롬비아에서 기차는 보통 사람을 태우지 않았다. 만약 하루에 40회의 기차 편이 있으면 그중 38회는 물건을 실었으며, 또 38회 중 30회는 바나나를 실었다. 이로써 우리는 비로소 『백년의 고독』에서 마르케스가 왜 한 량 한 량 끝도 없이 앞을 지나가는 화물열차의 음산한 이미지를 그렸는지 이해할 수 있다.

카리브해 연안 거주민의 대부분은 바나나 회사의 노동자였으며, 그들이 바나나 회사를 위해 일하고 받는 임금은 돈이 아니라 몇 군데 특정 상점에서 쓰이는 배급표였다. 그 상점들은 일상생활에 필요한 여러 물품을 팔았고, 당연히 바나나 회사와 밀접한 관계가 있는 식민자가 운영하거나 심지어 바나나 회사의 '관계 기업'이었다. 이것은 엄밀한 식민 통제 체제로서 바나나 생산 노동력으로 발생한 수입을 다시 일용품 판매를 독점하는 방식으로 착취하는 것이었다.

엄밀한 통제와 이중 착취, 여기에 식민자의 오만한 태도까지 더해져 마침내 오래 누적된 불만이 1928년 12월 6일 대파업을 촉발했다. 파업은 규모가 계속 확대되어 나중에는 카리브해 연안의 거의 모든 바나나 농장이 참가했다. 하지만 대파업은 결국 정부가 동원한 군대에 의해 수습되었다. 바꿔 말하면 정부의 국가 폭력이 미국의 식민회사를 도와 콜롬비아 농민을 진압하고 학살했다.

'바나나 대학살'이라 불리는 그 사태가 대파업을 종결지었지만 도대체 얼마나 많은 농민이 대학살 중에 목숨을 잃었는지 아는 사람은 없고 정확한 통계도 남아 있지 않다. 그 사태에 대한 정부 측 보고와 민중의 상식적 인식은 하늘과 땅 차이다. 정부 측 보고에 따르면 겨우 9명이 사망했을 뿐이지만 정말로 그렇다면 아예 대학살이라고 말할 수 없다. 현지에서 전해지는 이야기에 따르면 대략 2~3천 명이 파업 후 사라졌다고 한다.

마르케스의 등장

1948년 4월 9일 암살당한 가이탄이 정계에서 부상할 수 있었던 것은 그가 제일 먼저 용감하게 금기를 깨고 1929년 연말에 카리브해 연안의 바나나 대학살 지역 깊숙이 들어가서 현지 주민을 한 명씩 인터뷰해 학살의 진상을 조각 퍼즐을 맞추듯 복원하려 했기 때문이다. 그는 끈질기게 저인망식 인터뷰를 수행했고, 단지 그런 태도와 의도만으로도 아직 충격에서 헤어나지 못한 현지 주민들을 충분히 감동시켰다. 그들은 그 젊은이가 자신의 미래도, 심지어 자신의 목숨도 돌보지 않고 "도대체 대학살이 일어난 날 무슨 일이 있었던 겁니까?"라고 끊임없이 캐묻는 것을 보았다. 카리브해 연안 지역 사람들은 그에게 깊은 인상을 받았으며, 그들의 강력한 지지에 힘입어 그는 정계에서 착실히 발전을 거듭해 20년 만에 자유당 대표의 자리에 올라 1950년 대선의 가장 유력한 후보가 되었다.

가이탄의 배경과 정치 경력은 방향성이 뚜렷했다. 그는 국가 폭력과 미국 식민기업의 결탁을 조사해 두각을 나타냈고, 바나나 대학살에서 피해를 입은 카리브해 연안 거주민의 지지로 권력을 얻었다. 이런 상황에서 누구는 그를 좋아하고 또 누구는 미워했다. 그래서 4월 9일 오후 1시 5분에 그 암살 사건이 일어난 직후 그 사건은 가이탄의 정적이 주도한 게 틀림없다는 소문이 보고타 전역에 나돌았다.

가이탄이 피살되었다는 소식은 보고타에서 폭동을 초래했다. 수많은 이들이 분노하여 거리로 나섰고 그의 죽음을 애도했다. 동시에 오랜 세월 미국 식민기업과 내통해 온 매판 세력에 항의하기도 했다. 만약 가이탄이 대통령에 당선되면 자신들을 저지하고 탄압할 게 분명하므로 그 세력이 기득권을 지키기 위해 미리 손을 써 가이탄을 죽인 것이라고 그들은 믿었다.

오후부터 저녁까지 폭동으로 인해 보고타 시내의 여러 거리가 불길에 휩싸이며 난장판이 되었다. 당시 카스트로도 폭동에 참여했지만 그가 거둔 주요 성과는 타자기 한 대를 훔쳐 시원하게 박살 낸 것이었다고 한다. 폭동은 사흘간 계속되었다. 그런데 둘째 날 오후부터 쿠바 공산주의자의 선동으로 폭동이 일어났다는 소문이 돌기 시작했다. 그것은 콜롬비아 정부가 카스트로 등을 사건의 희생양으로 삼으려고 퍼뜨린 게 분명했다. 영리한 카스트로는 낌새가 심상치 않은 것을 알고서 재빨리 쿠바 대사관으로 피신했고 쿠바 대사관은 몰래 그들을 쿠바로 돌려보냈다. 만약 카스트로의 대응이 조금만 늦었다면 훗날 그가 주도한 쿠바 혁명은 아마 일어나지 않았을 것이다.

4월 9일 오후 3~4시경, 가이탄이 암살된 지점에서 약 500~600미터 떨어진 구역에 폭동으로 인한 화재가 났다. 그때 보고타의 국립대학 법학과 남학생 한 명이 황급히 길거리를 뛰어가다 친구와 마주쳤고, 넋 나간 목소리로 "나는 끝장이야, 끝장이야, 끝장이라고"라고 중얼거렸다. 친구는 놀라서 그에게 물었다.

"너 언제부터 그렇게 열성적인 가이탄 지지자가 된 거야?"

그는 이렇게 답했다.

"그게 아니야. 내 소설 원고가 타 버렸다고."

소설 원고가 타 버린 것을 애통해한 그 젊은이가 바로 마르케스다. 그해 만 스무 살이었던 그는 막 보고타의 문단에서 이름을 알리던 참이었다. 『엘 에스펙타도르』El Es- pectador 신문에 단편소설 세 편을 연이어 발표해 주목을 받고 있었다. 이에 힘을 얻어 그는 열정적으로 새 소설을 썼는데, 쓰고 있던 원고가 그만 '보고타 사태'의 와중에 타 버린 것이었다.

　보고타 사태는 마르케스에게 소설 원고를 잃은 것보다 더 큰 영향을 끼쳤다. 사건과 뒤이은 혼란으로 카리브해 연안 출신의 그 젊은이는 계속 보고타에 있지 못하고 쫓기듯 고향으로 돌아가야만 했다.

　개별 국가를 초월하는 통일성

1948년 4월 9일의 보고타 사태는 콜롬비아에서 일어났지만, 대부분의 역사에서는 이 사건을 서술할 때마다 반드시 카스트로를 언급하고 심지어 카스트로에 대한 언급에서부터 이야기를 시작한다. 카스트로는 콜롬비아인이 아니고 단지 '라틴아메리카 학생대회'에 참가하러 보고타에 간 쿠바인일 뿐이었는데도 말이다.

　이것은 '라틴아메리카'가 지리적 명사가 아니라 지리적 의미를 한참 뛰어넘는 문화 단위라는 사실을 말해 준다. 쿠바인이 콜롬비아에 가서 혁명에 참가한 것은 그들의 입장에서 라틴아메리카가 식민 역사와 언어적 요인의 통일성에서 비롯된, 개별 국가를 초월하는 통일성을 가졌기 때문이었다. 라틴아메리카는 포르투갈어를 쓰는 브라질을 빼고는 전부 스페인어권에 속하는 데다 포르투갈어도 스페인어와 유사점이 많아 서로 소통하기 쉽다. 공통의 언어로 인해 라틴아메리카 지식인은 서로 이해할 수 있었고 나아가 서로 돕고 공감대를 형성했다.

그런데 이런 문화적 통일성에도 불구하고 정치적 판도는 심각하게 분열되어 있었다. 예를 들어 1819년에 독립한 콜롬비아는 대체로 1812년부터 기나긴 전쟁의 역사를 겪었다. 우선은 식민자에게 저항해 싸웠고, 그 전쟁이 가까스로 끝나 독립을 얻은 뒤에도 내전이 계속되었다. 심지어 식민자에게 아직 이기지 못한 와중에 다른 한편으로 피식민자끼리 분열해 싸우기도 했다.

100년 넘게 내전이 이어지면서 중간에 다양한 세력 변동과 합종연횡 그리고 기만과 배신행위가 출현했다. 그 기간에는 대부분 누가 적이고 누가 동지인지 알 수 없는 애매하고 혼란한 상황이 계속되어, 무슨 전쟁에서 누가 이기고 무슨 지역을 누가 차지했는지 또 무슨 권력을 누가 잃었는지에 관한 전통적인 역사적 순차적 정리가 거의 불가능하다.

일찍이 콜롬비아 역사를 정리해 보려 한 적이 있는 사람은 마르케스가 사용한 '마술적 리얼리즘' 기법에 관해 뭔가 다른 느낌이 들 것이다. 그 내전들이 도대체 어떻게 치러

졌는지 서술할 수 있는 다른 방법은 없다. 거기에서는 현실적이고 사실적이며 역사 기술적인 질서가 완전히 와해되어 어떠한 효과적인 정리도 그 진상의 부조리와 혼란 앞에서는 무력해질 수밖에 없다.

마르케스의 이름을 세계문학사에 남긴 걸작은 이런 시공간적 배경에서 탄생했다. 바로 『백년의 고독』이다.

우리는 『백년의 고독』 앞부분의 몇 장만 읽어도 과거에 읽었던 어떤 소설과도 매우 다르다는 것을 알 수 있다. 이 색다른 소설은 본래 복잡한 내력을 갖고 있다. 그중 하나는 마르케스가 성장 과정에서 처해 있었던 신화와 현실, 삶과 죽음의 경계가 거의 없는 특수한 환경이다. 그것은 마르케스가 우연히 개인적으로 경험한 환경이 아니었다. 그 배후에는 라틴아메리카의 광대한 역사적 맥락이 존재했다.

내전과 독재자의 나라

『백년의 고독』의 주인공 아우렐리아노 부엔디아 대령은

콜롬비아 역사의 실존 인물인 라파엘 우리베 우리베 장군을 모델로 삼았다. 『백년의 고독』의 시작 시점에서 현실의 우리베 장군은 자기 고향으로 돌아온다. 그는 이미 40차례의 내전을 치른 뒤였다. 이는 전쟁을 40차례 치렀다는 것이 아니라 연이어 서로 다른 세력이 바뀌 가며 이쪽이 저쪽을 치고 또 저쪽이 이쪽을 치고, 동시에 멈췄다가 싸우고, 또 싸우다가 멈추는 것을 40회 경험했다는 뜻이다. 이런 나라의 국민이 자기 나라와 전쟁을 얼마나 허무하고 혐오스럽게 생각했을지 미루어 짐작할 만하다. 더구나 콜롬비아만이 아니라 라틴아메리카 전체가 다 그랬다. 어떤 이권과 합종연횡이 언제 또 새로운 전쟁을 촉발할지 몰랐다.

콜롬비아를 비롯한 대부분의 라틴아메리카 사회는 가문의 전통이 강해서 누가 누구의 아들이고 누구의 아버지인지가 대단히 중요하다. 우리는 보통 '마르케스'가 그 위대한 소설가의 성이라고 알고 있지만 그의 언어와 문화에서 그의 성은 '마르케스'가 아니라 '가르시아 마르케스'다. 이 성은 계보의 의미가 뚜렷하고 그가 누구의 아들인지 표명한다. 이처럼 모든 사람의 이름에 그 가문의 계보가 표시되어 있다.

가문 전통이 강한 사회에서 내전이 일어나면 불가피

하게 가문과 가문이 대립하게 마련이다. 그런데 가문 간의 네트워크가 복잡하게 뒤얽혀 있어 따지고 보면 서로 연결되지 않은 가문이 없기 때문에 필연적으로 친척끼리 다투는 상황이 연출되었다. 그래서 전쟁의 역사에 친족의 은원과 혼란이 덧붙어 라틴아메리카 근대사에 특수한 공동의 기억을 형성했다.

라틴아메리카는 공통의 언어를 갖고 있으며, 아르헨티나 부에노스아이레스는 라틴아메리카 전체의 문화와 출판 중심지다. 서로 다른 국적의 작가, 예컨대 칠레의 파블로 네루다*, 콜롬비아의 마르케스, 페루의 마리오 바르가스 요사** 등의 책이 전부 부에노스아이레스에서 출판되었다. 라틴아메리카는 이 부분에선 국경을 초월한 전체성을 가졌다. 하지만 그들의 조국은 내부적으로 전혀 단결되지 못했다. 각종 세력과 각종 이익으로 갈기갈기 찢겨 심각한 분열 양상을 보였다.

이 작가들의 조국에는 모두 독재자가 출현했다. 독재자는 왜 나온 걸까? 라틴아메리카에는 왜 그렇게 독재자가 많았던 걸까? 왜 먼저 있던 독재자가 타도되면 금세 다음

---

* Pablo Neruda(1904~1973). 칠레의 시인이자 정치가로 1971년 노벨문학상을 받았다. 저서로 『100편의 사랑 소네트』『스무 편의 사랑의 시와 한 편의 절망의 노래』『네루다 시선』『파블로 네루다 자서전』 등이 있다

** Mario Vargas Llosa(1936~). 페루의 작가로 2010년 노벨문학상을 받았다. 저서로 『도시의 개들』『천국은 다른 곳에』『젊은 소설가에게 보내는 편지』 등이 있다.

독재자가 나타난 걸까? 그중 가장 중요한 역사적 원인은 우리가 잘 실감되지 않아도 애써 이해해야 하는 것인데, 바로 내전에 대한 국민의 염증 때문이었다.

한번 간단하게 상상해 보기로 하자. 두 세력의 싸움이 15년 넘게 계속 이어지다 보면 바로 그렇게 오래 싸워 왔기 때문에 싸움을 멈추기 어려워진다. 어느 쪽도 다른 한쪽을 없애지 못하는 데다 서로 상대를 너무 잘 알아서 교착상태를 유지하다, 이쪽이 조금만 움직이면 저쪽이 반사적으로 따귀를 때리고 그다음에는 또 이쪽이 반사적으로 따귀를 때리는 것이 습관이 되고 패턴이 되어 끝이 나지 않는다. 그러면 어떻게 될까? 두 세력 모두 더 견딜 수 없어 타협하고자 하면 양쪽 다 신뢰하고 인정할 수 있는 중재자를 찾아 보증인으로 삼아야 한다. 그 사람은 이쪽이 저쪽을 기습하거나 저쪽 사람을 끌어들여 뒤통수를 치지 않는다는 한계선을 정하고 양쪽이 지키는 것을 보증한다.

독재자는 바로 중재 역할에서 파생돼 나왔다. 라틴아메리카의 많은 독재자가 중재 권력으로부터 부단히 힘을 키웠다. 중재자는 전쟁에 지친 양쪽 국민에게 평화를 유지하는 가장 좋은 방법은 국가에 하나의 절대적인 세력만 두는 것이며, 그렇게 하면 싸울 일도 싸울 필요도 없다고 설득했다. 이렇게 해서 독재자의 절대 권력이 국민과의 '악마의 거래'로부터 탄생했다. 국민은 자유를 질서 및 평화와 맞바꾸었다. 독재자는 독재를 할 만한 이유가 있었고 그런 사회적 역사적 배경에서 존재할 만한 이유도 있었다. 끝없는 혼란과 내전으로 수많은 이들이 평화와 휴식을 애타게 바랐다. 그들은 평화를 위해 기꺼이 자유를 바치고 또 버렸다.

전쟁과 죽음으로 표시된 시간

마르케스는 카리브해 연안 지역에서 태어났으며 더욱이 바나나 대학살 사건 이후 가이탄이 그 지역에서 조사를 진행할 때 만났던 중요한 인터뷰 대상이 그의 외할아버지이기도 했다. 그리고 마르케스와 외할아버지의 관계는 우리가 보통 상상하는 것보다 훨씬 친밀했다.

자서전 『이야기하기 위해 살다』의 첫 부분에서 마르케스는 처음 어머니를 만난 게 세 살 때였다고 적고 있다. 그러면 아버지는 언제 만났을까? 일곱 살 9개월 때 난생처음 아버지를 만났다.

마르케스의 부모는 그가 어렸을 때 그의 곁에 없었다. 그는 외조부모 밑에서 자랐다. 그의 외할아버지는 오랜 내전을 겪은 퇴역 육군 대령이었다. 대부분의 세월 동안 정부

군에 속해 정부를 위해 싸웠다. 그의 외할아버지는 너무 많은 전쟁을 겪어서 어떤 습관이 생겼는데, 항상 전쟁과 죽음으로 자신의 삶을 대하고 표시했다. 열두 살에 어떤 전쟁이 일어났고, 열아홉 살에는 또 어떤 전쟁이 있었고, 스무 살 3개월 때는 처음 누가 자기 옆에서 죽는 것을 보았고, 스물다섯 살 2개월 때는 전투에서 주변 사람들이 다 죽었는데 혼자만 불가사의하게 살아남았다는 식으로 자기 이야기를 했다.

그러면 퇴역하고 나서 그의 삶은 어떻게 변했을까? 시간이 멈추고 끝없는 기다림만 남았다. 과거에 그와 같은 사람들이 정부를 위해 싸울 때 정부는 그들에게 제대 후 거액의 연금을 주겠다고 약속했다. 그 연금이 바로 그들이 기다리는 대상이었다. 외할아버지는 낡은 집과 농장을 7천 페소에 다 팔아 치우고 부근의 대도시로 이주해 새집을 지었다. 마르케스가 콜롬비아에서 두 번째로 큰 신문 『엘 에스펙타도르』의 해외 특파원으로 유럽에 갔을 때 그의 월급은 500페소였다. 그런데 정부가 그의 외할아버지에게 지불하기로 약속한 연금은 1만 9천 페소였다. 따라서 우리는 그것이 얼마나 큰 금액이었는지 구체적으로 이해할 수 있다. 정부는 그런 큰 금액을 약속해 그들이 목숨을 바치게 꾀었지만, 역시 그 금액이 너무 컸기에 아예 지불할 수 없었고 심지어 지불할 계획도 없었다.

소설 『아무도 대령에게 편지하지 않다』는 마르케스의 초기 걸작 중 하나다. 이 소설 속의 퇴역 대령은 매주 "편지가 왔는가?"라고 묻는다. 그가 기다리던 편지는 바로 연금 수령 통지서였다. 우리는 마르케스의 외할아버지가 영위한 삶이 두 가지 시간으로 명확히 나뉘었다고 말할 수 있다. 앞엣것은 각양각색의 전쟁과 죽음으로 표시된 시간이었고 뒤엣것은 거의 멈춘, 연금에 대한 기다림에 갇힌 시간이었다.

유령과 공존하는 세계

흥미롭게도 마르케스의 외할머니는 외할아버지와 전혀 다른 시간 감각을 갖고 있었다. 어렸을 때 마르케스는 카리브해 연안의 큰 집에 살면서 다른 남자아이들처럼 마구 뛰어노는 것을 좋아했다. 외할머니가 얌전히 한군데에 좀 있으라고 잔소리를 했지만 그가 말을 들을 리 없었다. 그러면 외할머니는 "저쪽에 가지 말고 여기 가만히 앉아 있으라니까, 저쪽에 가면 네 이모할머니가 시끄러워할 거야"라고 하거나 "저쪽에 가면 안 돼, 거기 가면 네 사촌 형이 시끄러워할 거야"라고 했다. 그들은 누구였을까? 그들은 다 죽은 사람이었다. 외할머니가 그를 멋대로 뛰어놀지 못하게 한 것은 산 사람이 죽은 사람을 성가시게 해서는 안 되기 때문이었다. 외할머니가 보기에 그 집에는 산 사람보다 유령이 더 많았다.

만약 마르케스가 넘어지면 외할머니는 또 말했다. "그것 봐라. 말을 안 들으니 이모할머니가 홱 밀었잖니. 방금 이모할머니 못 봤어? 아, 나는 본 것 같은데." 그리고 길을 갈 때면 텅 빈 거리를 가리키며 그에게 말했다. "여기서 막 뛰어다니면 안 돼. 죽은 사람들로 미어터지는구나. 언제 죽은 사람과 부딪혀 같이 이상한 곳으로 가게 될지 몰라." 그래서 개구쟁이 마르케스는 얌전하게 굴며 어디에서든 함부로 뛰어다니지 않게 되었다.

그것이 외할머니의 양육 수단이었는지, 아니면 그녀가 정말로 유령의 존재를 믿고 느꼈는지 우리는 알아낼 방법이 없다. 아마도 둘 다였을 것이다! 하지만 원인이 무엇이었든 간에 그런 환경은 한 아이, 특히 상상력이 풍부했던 아이에게 잊을 수 없는 기억을 남겼다. 그는 유령이 가득한 공간에 살았으며 더욱이 그 유령들은 공포영화에 나오는 악귀가 아니라 모두 그와 관계가 있는 죽은 친척이었다. 뜬

금없이 나타난 귀신이 아니라 언젠가 그 공간에서 살았던 사람들의 연속이었던 것이다. 이모할머니나 외할아버지의 외할아버지처럼 그와 명확하고 구체적인 관계가 있었다.

이런 환경의 배후에는 필경 연관되는 믿음이 존재했다. 바로 인간이 정말로 죽거나 사라질 리는 없다는 믿음. 인간은 죽지만 또 다른 존재로 변하고 또 언제든 아이가 일으키는 소란에 깨어나 시끄러워할 수도 있다는 것이었다. 그래서 마르케스는 어렸을 때 곤혹감을 느꼈다. 이모할머니의 유령에게 밀려 넘어지고 나서 속으로 생각했다. 죽은 이모할머니가 유령이 됐다면 그 유령이 또 죽을 수도 있나? 만약 유령이 죽으면 그다음에는 뭐가 되지?

소설 『백년의 고독』은 서로 교차하는 두 가지 이질적인 시간 의식 위에 수립되었다. 하나는 외할아버지의 시간으로 죽음과 영원히 기다릴 수는 없는 것에 의해 표시된 일직선적 시간이다. 그리고 다른 하나는 외할머니의 시간으로 기이한 유령들이 존재하는 순환의 시간이다. 죽은 인간이 유령이 되고 유령이 다시 죽어 다른 유령이 되며 다시 죽은 그 유령도 역시 죽어 또 다른 유령이 된다…… 인간이 정말로 죽는다는 것을 믿지 않으면 유령이 사라지는 것도 믿을 수 없다. 인간이 죽고 나서도 존재한다면 유령이 어떻게 사라지겠는가? 그래서 그것은 영원한 존재가 되지만 영원 속에 죽음이 교차하므로 순환의 존재 형식이 될 수밖에 없다. 마르케스는 소설 속에서 이 두 가지 시간의 상호 관계를 계속 모색한다.

콜롬비아의 역사는 외할아버지의 기억으로 윤곽이 그려진다. 그것은 전쟁 또 전쟁이었고, 앞의 전쟁이 뒤의 전쟁을 불러왔다. 그리고 전쟁이 멈췄을 때 그것을 대신한 것은 끝도 없는 기다림이었다. 기다림이 시간의 순환을 잡아세웠고, 기다리는 것이 오지 않아 계속 기다릴 수밖에 없었다. 기다림은 앞으로 흘러가는 시간에 의지해야만 했다. 그런데 기다림의 대상을 좀체 기다릴 수 없어 정말로 존재한다는 느낌이 정체되고 굳어 버렸다. 사람들은 그 정체 속에서 점차 늙고 쇠약해져만 갔다.

반복해서 찾아드는 고독

이 걸작 소설의 제목은 『백년의 고독』이다. 100년의 긴 시간은 당연히 역사와 관련되며 실제로 한 세기 동안 콜롬비아에서 벌어진 일을 건드리고 다룬다. 하지만 이것은 결코 단순한 역사소설이 아니다. '백년' 외에 '고독'을 그리려 하고 오히려 여기에 더 초점을 맞추려 한다. 그리고 마르케스가 이 소설에서 고독이라는 주제를 표현할 때 가장 즐겨 쓴 수법은 바로 순환의 시간 감각을 자세히 진술하는 것이다. 어떤 사건을 거듭 재현하되 매번 바꿔 가며 서로 다른 면모를 재현하면서 끊임없이 순환하고 또 끊임없이 원점으로 돌아간다.

각 사건의 서술은 부엔디아 대령이 총살형 집행 대원들 앞에 서서 과거를 회상하는 장면에서 시작된다. 소설에서 그는 여러 차례 총살형 집행 대원들 앞에서 죽음의 경계를 접하며, 그것이 너무 반복되는 나머지 나중엔 그 경계의 구분조차 모호해진다. 그는 살아 있지만 동시에 숱하게 죽었다.

본래 현실에서는 절대로 반복될 수 없는 일(인간은 한 번밖에 죽을 수 없다)이 마르케스의 소설에서는 거듭 재현되곤 한다. 더욱이 『백년의 고독』에는 부엔디아 대령 말고도 한 번 이상 죽는 인물이 꽤 여러 명 있다.

『백년의 고독』 외에 마르케스가 쓴 다른 소설까지 합치면 반복해서 죽는 현상은 더 많아진다. 예를 들어 그의 초창기 단편을 보면 완전히 죽지 못하는 인물이 등장한다. 육체는 벌써 죽었는데 정신은 죽음을 거부해서 그 사람은 자기가 산 채로 묻혔다고 느낀다. 산 채로 묻혔어도 죽지 못하는데, 왜냐하면 그는 본래 죽었기 때문이다. 그다음에는 자기 몸이 부패해서 그 냄새를 못 견디고 도망치고 싶어 하지만 이미 매장된 사람이 어디로 도망을 치겠는가?

　마르케스는 소설 『썩은 잎』에서 죽었지만 매장할 수 없는 사람의 이야기를 썼다. 죽은 사람을 매장하지 못해 주변 사람들은 각양각색의 어려움을 겪는다. 그런데 이 소설을 읽은 한 친구가 마르케스에게 고대 그리스의 비극 작가 소포클레스의 명작 『안티고네』를 권했다. 이 희곡의 주된 에피소드는 안티고네가 금지령을 어기고 남동생의 시신을 수습해 안장하는 이야기다. 이것이 마르케스가 그리스 비극을 접하게 된 중요한 계기였다.

　아직 탈주술화되지 않은 세계의 형상

우리는 보통 죽음이 삶의 끝이라고, 다시 말해 삶의 이야기의 끝이라고 생각한다. 그러나 외할머니의 영향이 컸던 마르케스에게 죽음은 또 다른 삶의 이야기의 시작이었다. 외할머니 밑에서 자란 아이의 삶에는 어떤 특별한 것이 있었는데, 바로 외할머니의 수많은 미신이 만들어 낸 세계관이었다.

　외할머니는 주변에 각양각색의 유령이 있다고 믿었

다. 손자가 자고 있을 때 문밖으로 장례 행렬이 지나가면 얼른 깨워서 죽은 사람을 못 따라가게 했다. 그리고 집 안에 검은 나비가 못 들어오게 각별히 조심했는데, 그러면 가족 중 누가 죽을지도 모르기 때문이었다. 반면에 풍뎅이가 날아드는 것은 손님이 온다는 의미였다. 소금을 땅에 못 뿌리게 해서 악운이 찾아오는 것을 방지하고 갑자기 괴상한 소리가 들리면 무당을 집으로 불렀다. 그리고 온천처럼 유황 냄새가 나는 것은 부근에 요괴가 있기 때문이었다.

　　이러한 것이 마르케스가 어릴 때 교육받은 중요한 내용이었다. 그는 대도시 보고타가 아니라 카리브해 연안 지역에서 교육을 받았다. 게다가 그것은 서구적 이성의 충격을 경험해 본 적 없는 외할머니의 교육이었다. 외할머니가 가르친 것은 라틴아메리카의 전통적이고 전형적인 세계관이었다. 그 세계관에서는 수많은 사물이 아직 이성에 의해 처리되고 분류되지 않았다. 특히나 무엇이 합리적이고 비합리적인지 구분되지 않았다. 거기에는 세계가 아직 분화되기 이전의 어떤 개념과 분위기가 남아 있었으며, 산 자와 죽은 자의 절대적 구분이 없어서 산 자가 수시로 죽은 자로 변하고 죽은 자가 유령으로 변하는가 하면 유령이 계속 산 자들 사이에 자리했다. 그것은 단절되거나 분리되지 않은 연속적인 세계로, 그런 세계에는 존재하지 못할 게 없었다.

이성의 가장 큰 영향은 어떤 일이 절대로 일어날 리 없다고 믿도록 우리를 훈련시킨 것이다. 17세기 계몽운동 이후 서구 이성이 왜 전 세계를 점차 석권했을까? 아마도 누군가는 이성이 옳기 때문이라고 답할 것이다. 예컨대 이성이 낳은 과학이 여러 전통사회가 믿던 샤머니즘과 종교와 신의 계시보다 영험하다는 것이다.

이성의 배제 법칙

우리는 당연히 그런 해석을 받아들일 수 있다. 하지만 인류학자 스탠리 탐비아는 자신의 명저 『마술, 과학, 종교와 이성의 범위』Magic, Science, Religion and the Scope of Rationality에서 전혀 다른 해석을 제시한 바 있다. 간단히 정리하면 이성은 다른 지식 형식과 종교가 제공할 수 없는 견고하고 안전한 느낌을 제공하는데, 그것은 이성이 수많은 일을 말끔히 배제하면서 그런 일은 불합리하며 절대로 일어날 리 없으니 생각할 필요조차 없다고 명확히 주장하기 때문이라는 것이다.

이성은 무엇일까? 이성은 강력하고 절대에 가까운 배제 법칙을 갖고 있다. 어느 날 누가 이성에 따라 왜 2+2가

4인지 이해했다면 그날부터 그는 어떤 상황에서 2+2가 갑자기 5가 되지는 않을지 걱정할 필요가 없다. 그것은 불가능하기 때문이다. 또 어느 날 누가 이성의 규칙에 따라 지구의 인력을 이해했다면 역시 그날부터 주변의 물건이 갑자기 하늘로 날아가 사라지지는 않을지 걱정할 필요가 없다. 혼자 날아다니는 물건은 없으며 모든 물건은 아래로 떨어질 수밖에 없기 때문이다.

이성과 이성에서 파생된 과학 지식은 더 이상 고려할 필요 없는 수많은 것을 배제하도록 우리를 도와주었다. 이성이 발달하면서 우리의 세계는 작아지고 이 세계를 마주하기 위해 필요한 준비도 간단해졌다. 우리의 삶은 갈수록 편리하고 안전해졌다. 하지만 당연히 상대적으로 세계는 갈수록 재미없어졌다. 수많은 일이 일어나기도 전에 우리는 그것이 일어날 가능성을 미리 배제한다. 이것은 막스 베버가 이야기한 현대사회의 '탈주술화'가 의미하는 내용이기도 하다. 우리를 매혹하는 어떠한 현상도, 어떠한 관념도 더 이상 존재하지 않게 되었다.

라틴아메리카의 소설이 흥미로운 것은 아마도 마르케스의 외할머니 덕일 것이다. 외할머니는 어린 마르케스에게 아직 현대의 탈주술화를 거치지 않은 광대하고 풍부하며 혼란한 세계의 형상을 제공해 주었다.

인과관계를 설명하는 평등한 규칙들

마르케스가 외할머니에게 물려받은 그 세계에는 수많은 규칙이 있었지만 그것은 절대로 뒤엎을 수 없는 불변의 규칙은 아니었다. 비이성적 또는 전前이성적이라고 해야 할 그 세계에서 가장 흥미로운 현상은 바로 모든 예언이 다 맞는다는 것이었다. 어떻게 모든 예언이 다 맞을 수 있을까? 예언이 실현되지 않더라도 사람들은 또 다른 규칙을 찾거나 고안해 왜 일어나야 할 일이 일어나지 않았는지 설명할 수 있기 때문이었다.

예를 들어 길을 가다 나뭇잎 한 장이 기묘하게 빙빙 돌며 떨어지는 것을 보았다고 치자. 그리고 "이것은 내일 돈이 들어올 징조야, 마침 돈을 꿔 간 녀석이 있는데 내일 돌려주려나 보다"라고 예언했다고 해 보자. 만약 이튿날 그가 돈을 돌려주지 않으면 예언이 틀린 것일까? 꼭 그렇다고 할 수는 없다. 내 머릿속에 또 다른 규칙이 떠올랐기 때문이다. "해가 5시 반보다 일찍 뜨면 재운이 안 좋게 바뀐다고 했지, 아마?" 나는 바로 그날 해가 뜬 시간을 검색하고 나서 "아, 역시 5시 반 전에 해가 떴구나!" 하고 탄식한다.

그 세계에는 일어나야 할 일을 관할하는 각양각색의 규칙이 있었다. 그 규칙들은 서로 나란히 존재해 통합되지 않고 통합될 수도 없었다. 그래서 모든 규칙이 각기 기능하는 통에 어떤 일은 꼭 일어나고 어떤 일은 절대 일어날 리 없다고 말할 수가 없었다. 어린 마르케스는 그런 세계에서 살았다. 거기에서는 인과관계를 설명하는 규칙들이 서로 평등했다.

이성이 발달한 후로는 과학이 강력한 권위와 우선권을 얻었다. 과학은 다른 믿음보다 더 높은 위치에서 각종 현상을 설명해 왔다. 과학 이외의 설명은 과학으로 충분히 설명되지 않는 영역에서만 행해졌다. 하지만 과학의 권위가 아직 형성되지 않은 세계에서는 다양한 규칙이 경쟁적으로 사물과 현상에 대한 설명을 제공했다. 각 설명은 모두 일리가 있는 것처럼 들리고 현실의 경험과 일정 정도 맞아떨어지기도 했지만, 역시 현실의 경험에 완전히 부합하기에는 다소 희한했다. 그래서 그 세계에서는 일단 새로운 현상이 나타나면 큰 소동이 벌어지곤 했다. 그런 현상의 새로움은 진정한 새로움이고 그런 소동의 흥분도 진정한 흥분이었다. 그 현상은 우리가 본 적 없는 것이었을 뿐만 아니라 그 현상 배후의 규칙도 우리가 생각해 본 적 없는 것이었다. 그리고 더 중요한 것은 어떤 새로운 사물이 나타나면 그 세계는 그에 따라 설명의 틀을 바꾼다는 사실이었다.

마르케스는 회고와 소설에서 다음과 같은 에피소드를 이야기한 적이 있다. 엄청난 규모의 메뚜기떼가 지나가고 나서 마을 사람들은 그 재난을 딛고 다시 일어서기 위해 축제를 연다. 가까운 지역 사람들이 그 축제에 참가하려고 몰려들었는데, 축제에서 가장 눈길을 끈 사람은 집시였다. 어디서 왔는지 알 수 없는 집시는 각양각색의 물건을 갖고 나타났다.

집시는 '마구아새의 가루'라는 것을 팔았다. 그것은 순종하지 않는 여자를 상대할 때 쓰는 것이었다. 집안의 여자가 사납고 말을 안 들으면 그 약을 사서 집에 돌아갔다. 딱 보기에 과일처럼 생긴 것도 있었는데, 파는 사람은 그것이 '노루 눈'이라고 했다. 노루를 사냥해 빼낸 그 눈은 피를 멈추는 데 썼다. 그리고 말린 네 잎 레몬은 요술을 피할 때 썼으며, '성 볼로니아의 어금니'는 정말 치아처럼 생긴 물건으로 주사위를 던질 때 숫자를 확인하는 용도로 쓰였다.

집시는 바람에 마른 여우 해골도 팔았다. 농사지을 때 갖고 있으면 작물이 자라는 데 도움이 된다고 했다. 그리고 누가 남과 싸우거나 씨름 시합에 나가려 하면 십자가에 붙은 죽은 아기를 사라고 했다. 길에서 모르는 유령과 만나 귀찮은 일이 생기는 것을 피하고 싶으면 박쥐 피를 사라고도 했다.

집시는 각양각색의 희한하고 괴상한 물건을 선보였다. 총체적으로 보면 그들이 실제로 축제에서 팔았던 것은 그 물건 배후의 볼 수도 만질 수도 없는 세계에 대한 설명이었다. 세계 속의 특수한 인과관계, 즉 무슨 물건이 무엇을 촉발하고 야기하는지, 어떤 원인이 어떤 결과를 낳는지 설명했다. 진정으로 사람들을 매료시킨 것은 바로 그 범상치 않은 인과관계였다.

기적을 보여 주는 능력

오늘날 그런 일을 접하면 우리는 간단히 미신이라고 하거나 그 돌팔이를 비웃고 넘어갈 것이다. 하지만 그런 사회에서는 돌팔이가 절대적으로 필요했다. 그들은 끊임없이 세계에 대한 갖가지 설명을 제공하고 생각해 냈다. 물론 세계를 설명하는 일과 관련해 돌팔이보다 좀 더 권위 있는 이들이 있기는 했다. 신부가 대표적인데, 신부는 하느님이 세계를 창조했고 또 관할한다고 말했다. 하지만 마르케스가 자란 환경에서는 그리고 라틴아메리카의 가톨릭 전통에서는 신부와 선교사조차 돌팔이와 비슷한 수법을 써서 사람들이 자신의 설명을 믿게 했다. 보통 사람들이 하느님을 믿도록 설득할 수 있었던 그들의 수단은 성경을 읽는 것도, 미사를 하는 것도 아니었으며 교리문답은 더더욱 아니었다. 기적을 보여 주는 것이 가장 중요한 수단이었다. 라틴아메리카의 가톨릭교회는 기적의 중요성을 극도로 강조했으며 교회 신부들은 다양한 기적을 행하는 능력을 갖추고 있었다.

라틴아메리카의 축제에서 맨 앞에 서는 것은 보통 십자가였다. 그리고 당장 기적을 보여 줄 수 있는 신부가 그 뒤를 따랐다. 그들은 사람들 앞에서 공중으로 날아오르곤 했다.

"자, 누가 감히 하느님을 안 믿는다고 하겠소? 하느님을 안 믿는 사람은 여기를 똑똑히 보시오. 얘야, 네가 감히 하느님을 안 믿느냐? 그러면 나를 보거라. 내가 나는 것을 보여 주마!"

이것은 그야말로 길거리 마술사와 다를 게 전혀 없었다. 마르케스도 어렸을 때 기적을 행하는 신부를 만나 깜짝 놀란 적이 있었다.

외할머니는 마르케스의 신앙심이 부족하다고 생각해서 그를 데리고 신부를 찾아갔다. 신부는 그에게 말했다.

"눈을 크게 뜨고 나를 보렴. 움직이지 말고 내 발을 봐." 이윽고 신부의 발이 갑자기 땅에서 떨어졌다. 신부가 날아오른 것이다. 이 광경을 본 뒤부터 마르케스는 하느님이 너무나 무서워졌다. 신부는 저마다 장기를 갖고 갖가지 다양한 묘기를 부렸다. 예컨대 사람들이 십자가를 똑바로 보고 있다 눈을 감았다 뜨면 본래 멀쩡했던 십자가에 한 줄기 피가 흐르곤 했다.

본질적으로 신부와 집시는 같은 종류의 사람이었다. 그들은 모두 묘기를 통해 사람들에게 이 세계에 대한 자신의 설명을 납득시키고 또 세계를 설명하는 자신의 권력을 인정하게 했다. 이런 현상은 과거에 인류 사회에 보편적으로 존재하기는 했다. 하지만 기이하게도 20세기에 들어와 이미 이성이 승리를 거두고 수많은 지역을 정복했는데도 라틴아메리카에는 여전히 그런 소박한 현상이 남아 많은 이의 삶을 지배했던 것이다.

마술적 리얼리즘의 기점

이런 배경을 알고 나면 우리는 『백년의 고독』이 왜 "많은 세월이 지난 뒤, 총살형 집행 대원들 앞에 선 아우렐리아노 부엔디아 대령은 아버지에게 이끌려 얼음 구경을 갔던 먼

옛날 오후를 떠올려야 했다"라고 시작되는지 이해할 수 있다. 그리고 이어서 가장 중요한 단락이 등장한다.

그 당시 마콘도는 선사시대의 알처럼 매끈하고, 하얗고, 거대한 돌들이 깔린 하상河床으로 투명한 물이 콸콸 흐르던 강가에 진흙과 갈대로 지은 집 스무 채가 들어서 있던 마을이었다. 세상이 생긴 지 채 얼마 되지 않아 많은 것들이 아직 이름을 지니고 있지 않았기 때문에 그것들을 지칭하려면 일일이 손가락으로 가리켜야만 했다. 매년 삼월경이면 누더기를 걸친 집시 가족 하나가 마을 어귀에 천막을 쳐놓고는 북을 치고 나팔을 불어 대면서 아주 소란스럽게 새로운 발명품들을 선전했다.(조구호 역, 『백년의 고독』 1권, 민음사, 2000, 11~12쪽)

집시들이 가져온 방망이 모양의 자석 두 개는 대단히 흥미로웠다. 부엔디아 대령의 아버지 호세 아르카디오 부엔디아는 그것으로 땅속에 있는 황금을 캐려 했지만 그가 캐낸 것이라고는 녹이 잔뜩 슨 15세기 갑옷뿐이었다. 그래서 그 자석에 금화 세 닢을 덧붙여 또 다른 물건과 맞바꾼다.

『백년의 고독』이 형상화하고자 한 것은 이성이 전 지구를 휩쓸기 전의 상태, 이성이 모든 것을 죄다 정리하고 설명하기 이전의 상태다. 마르케스는 그런 상태를 가까이서 보고 서술하려 했다. 이는 매우 영리하고 용감한 시도다. 왜냐하면 난이도가 지극히 높기 때문이다. 상대적으로 쉬운 방식은 당연히 기존의 설명을, 남들이 전해 주었으며 이미 수많은 사람이 믿는 설명을 받아들이는 것이다. 하지만 마르케스는 그런 쉬운 길을 가지 않는다. 글을 통해 독자를 명확한 답이 없는, 여전히 불안감이 가득하고 거의 어떤 일이라도 일어날 수 있을 듯한 시대와 분위기로 데려간다. 그는 그런 시대와 분위기 속에서 무슨 일이 일어났는지 독자에게 이야기해 주려 한다.

이것이 『백년의 고독』의 기점인 동시에 '마술적 리얼리즘'Magic Realism*의 기점이다. 마술적 리얼리즘이란 무엇일까? 간단히 말하면 '사실처럼 보이는 마술적 현상에 주목하는 문학적 서사 유형'이다. 하지만 이것은 그저 이름의

---

* 데이비드 로지는 『소설의 기교』에서 마술적 리얼리즘에 관해 "일어날 수 없는 불가사의한 사건을 사실이라 주장하는 이야기 속에 등장시키는" 일종의 문학 기교라고 정의한 후, 이것이 라틴아메리카 현대문학과 깊은 관계가 있으며 마르케스가 그 대표자라고 말했다. 랴오빙후이(廖炳惠)는 『키워드 200』에서 마술적 리얼리즘의 연원을 자크 스티븐 알렉시스(Jacques Stephen Alexis)가 1956년에 발표한 「아이티의 마술적 리얼리즘」까지 소급했다. 이 글에서는 아이티와 라틴아메리카의 문학적 표현 중에서 전후의 지식인이 흔히 신화, 전설 또는 마술의 전통에서 문학적 서사의 이미지와 재현 방식을 찾아 사회에 관해 서술한 수법이 마술적 리얼리즘이라고 말했다.

뜻풀이에 불과하다. 사실 강조해야 하는 포인트는 마술적 리얼리즘이 반드시 어떤 감수성 또는 신념의 토대 위에 수립되고 또 사람들이 그런 상태로 돌아가기를 바라거나 그렇게 되도록 유혹당해 『백년의 고독』 서두, "세상이 생긴 지 채 얼마 되지 않아 많은 것들이 아직 이름을 지니고 있지 않았기 때문에 그것들을 지칭하려면 일일이 손가락으로 가리켜야만 했다"를 받아들여야 한다는 것이다. 이것이 가장 중요하다.

마술적 리얼리즘은 라틴아메리카에서 시작되었고, 카를로스 푸엔테스*, 마르케스 같은 소설가의 우수한 작품에 힘입어 라틴아메리카 이외의 지역까지 전파되어 수많은 모방자와 모방작을 낳았다. 전 세계가 마술적 리얼리즘 소설을 쓰고 있을 때 우리는 라틴아메리카의 '오리지널'이 뭔가 다르다는 것을 더 확실히 분별할 수 있었다. 다른 지역의 모방자들은 스스로를 그 마술적 세계에 들여보내 정말로 "집 안 모퉁이를 지나다 죽은 이모할머니와 부딪힐지도 모른다"고 느끼게 할 방도가 없었다. 또한 스스로를 원시적 상태로 돌려보내 그 비이성적이고 이성에 위배되는 일이 그저 인간의 의식적이거나 무의식적인 환상 속에만 존재하는 게 아니라 실제로 일어날 수 있고 또 실제로 일어났다는 것

---

* Carlos Fuentes(1928~2012). 멕시코의 소설가이며 프랑스 주재 멕시코 대사를 역임했다. 대표작으로 『아우라』 『의지와 운명』 등이 있다.

을 받아들이게 할 방도가 없었다. 그들은 어떤 일도 일어날 수 있고 이성의 보호가 모자라며 극도로 불안전한 라틴아메리카의 그런 세계를 그려 내지 못했다.

마르케스의 성장 배경은 당연히 중요하다. 그 배경과 환경은 우리와 매우 다른 여러 조건을 갖고 있었으며 그를 그 불안전한 세계에 끌어들이면서도 그가 불안을 극복하게 그리고 미치지 않게 도와주었다. 예컨대 이성화된 사회에서는 문학이 유곽과 결부되는 일이 별로 없지만, 마르케스의 소설 창작 과정에서 유곽은 하나의 사회조직이자 삶의 주제로 계속 반복해 나타난다.

마르케스는 젊었을 때 실제로 유곽에서 장기간 머무른 적이 있었다. 또 『아무도 대령에게 편지하지 않다』에서 잊기 힘든 어떤 여자 포주에 관해 쓴 적이 있다. 그녀는 한 무리의 젊은이를 자신의 유곽으로 유인해 한편으로는 손님으로, 다른 한편으로는 자식처럼 대한다. 그들이 유곽에서 난잡하게 놀 때면 다정하게 "공부는 다 했니? 밥은 먹었고? 이 비타민 두 알을 꿀꺽 삼키렴!"이라고 말한다. 이것은 이상한 관계여서 이해하기 어렵지만 그래도 매우 설득력이 있다.

다중 회상의 마술적 시간

마르케스는 고심해서 『백년의 고독』의 서사구조를 뒤섞었다. 이때 그가 기준으로 삼은 것은 소설 내부의 특수한 마술적 시간이다. 도약하고 순환하고 순환 속에서 또 도약해 다시 원점으로 돌아가는 그 시간은 일직선의 물리적 시간과는 전혀 다르다. 마르케스는 이 마술적 시간 속을 오가고 드나들며 훤히 꿰뚫고 있지만 독자는 읽다가 자칫하면 길을 잃기 십상이다.

마르케스는 이 소설을 쓰는 과정에서 본래 이야기 진행도를 갖고 있었는데, 그것은 100년 동안 그 가문에서 일어난 사건의 일람표이기도 했다. 본래 구상에서 이 소설의 제목은 '집'이었다. 그는 이 제목으로 자신의 집과 가문의 이야기를 쓰려 했다. 그러다 나중에 제목이 '집'에서 '백년의 고독'으로 바뀌었고, 그사이 20년의 시간이 흘렀다. 작품이 완성되고 나서 드러난 최고의 성과는 우리가 소설에서 그 이야기 진행도의 흔적을 전혀 찾아볼 수 없다는 것이다. 우리는 그 100년 동안 도대체 무슨 일이 일어났고 또 그것이 어떤 순서와 인과관계로 일어났는지 도저히 한눈에 알아볼 수 없다.

마르케스는 우리가 한눈에 소설의 구조를 알아보지

못하게 만들었다. 그는 우리 스스로 정리하고 이해하기를 바랐으며, 이것은 이 소설의 내적인 기능이기도 하다. 텍스트 자체가 독자를 소환해 더 자세히, 앞뒤를 오가며 탐색하는 방식으로 읽게 만든다. 우리가 자신의 시간개념으로 소설 속 시간을 정리하거나 혹은 우리의 시간과 소설 속 시간이 서로 맞서고 대화하도록 요구한다. 우리는 모두 『백년의 고독』의 서사 시간이 도약한다는 것을 안다. 하지만 도대체 어떻게 도약하는 걸까? 단지 이 소설의 첫 문장만 봐도 검토할 만한 가치가 있다. 이 문장은 수많은 토론과 논쟁을 야기한 바 있다. 마르셀 프루스트의 『잃어버린 시간을 찾아서』의 그 유명한 첫 문장처럼.

　　『잃어버린 시간을 찾아서』의 도입부에서 프루스트는 일부러 프랑스어 문법에 어긋나게 상호 충돌하는 시제의 동사들을 사용해 과거와 미래 사이에서 유동하는 느낌을 자아냈다. 『백년의 고독』 첫 문장도 마찬가지로 시제가 상호 충돌한다. "많은 세월이 지난 뒤, 총살형 집행 대원들 앞에 선 아우렐리아노 부엔디아 대령은 아버지에게 이끌려 얼음 구경을 갔던 먼 옛날 오후를 떠올려야 했다"는 겉보기엔 단순한 회상 같다. 시제가 상대적으로 모호한 중국어 텍스트로 읽으면 이 문장에서 느껴지는 서사 시간의 시점은 당연히 부엔디아 대령이 총살형 집행 대원들 앞에 선 그 시간이며, 바로 그 시각에 그는 아버지가 자기를 데리고 얼음 구경을 간 과거의 오후를 회상한다. 이처럼 여기에는 두 가지 시간이 있다. 하나는 상대적으로 앞선, 아버지와 함께 얼음을 보러 간 오후이고 다른 하나는 그보다 늦은, 총살형 집행 대원들 앞에 서서 회상을 하는 시간이다.

하지만 스페인어 원문이나 충실하게 번역한 영어 번역문을 보면 달라진다. "많은 세월이 지난 뒤, 총살형 집행 대원들 앞에 선 아우렐리아노 부엔디아 대령은……"이라는 문장은 과거시제를 사용했다.* 바꿔 말해 이야기 서술의 시작은 그가 총살형 집행 대원들 앞에 선 그 시각이 아니다. 그 시각도 이미 과거가 되어 버렸으며, 이제 돌이켜 그가 총살형 집행 대원들 앞에 섰던 일과 아버지가 자신을 데리고 얼음 구경을 갔던 일에 대한 그의 기억을 기록한다. 여기에는 시간이 두 겹이 아니라 세 겹으로 겹쳐 있다.

이 첫 문장에서 『백년의 고독』의 다중 회상 원칙이 수립된다. 갔다가 다시 돌아오고, 돌아왔다 다시 가는 식으로 이 시간대에서 다른 시간대의 더 이른 시간대에 대한 기억을 회상함으로써 그 100년이라는 시간의 기나긴 흐름 위에

---

* 이 문장의 영어 번역문은 "Many years later, as he faced the firing squad, Colonel Aureliano Buendía was to remember that distant afternoon when his father took him to discover ice"다. 이 번역문은 1971년 에이번 북스에서 출판된 그레고리 라바사(Gregory Rabassa)의 번역서에서 발췌했다.

서 반복적으로 도약하고 또 빈번히 특정 지점에 멈춰 깊이 파고든다. 만약 시간과 정력이 있다면 우리는 그 모든 도약을 한 장의 지도처럼 전부 자세히 그려 낼 수 있으며, 그것은 우리가 『백년의 고독』이라는 서사의 미궁을 벗어나기 위한 안내도가 되어 줄 것이다. 그리고 그런 그림이 있다면 마르케스의 성취에 한층 더 놀랄 것이다. 그는 아무렇게나 이 소설을 쓰지 않았다. 결코 멋대로, 기분 내키는 대로 시간을 넘나들지 않았다.

그 그림을 그리는 한 가지 방법은 마술적 시간을 물리적 시간의 순서로 되바꾸는 것이다. 그럴 수 있다면 한 장의 표가 생길 것이다. 또 한 가지 방법은 인물을 통해 정리하는 것이다. 책 앞에 들어가곤 하는 '인물표'를 말하는 게 아니다. 각 인물이 서로 다른 장에서 어떻게 나타나고 또 언제 어떤 상황에서 앞쪽의 인물이 다시 뒤쪽에 나타나는지 정리하면 역시 한 장의 표가 생긴다. 그리고 사건 발생의 서로 다른 지점을 체크해도 또 한 장의 표를 정리해 낼 수 있다. 이런 작업을 다 마치고 서문만 달면 거의 대학원 석사논문 한 권이, 그것도 아주 탄탄하고 훌륭한 논문이 완성될 것이다!

그러나 이런 작업은 논문을 쓰고 학위를 따는 데 도움

이 되기는 해도 반드시 『백년의 고독』을 읽는 가장 좋은 방식이라거나 마르케스의 풍부한 상상력과 재능을 즐기는 가장 좋은 경로라고는 할 수 없다.

이것은 서사곡이다

일반 독자가 보기에 『백년의 고독』은 서구식 소설이지만 마르케스가 인정한 서구 소설의 연원은 단 하나, 미국 소설가 윌리엄 포크너밖에 없다. 포크너가 그를 매료시킨 것도 포크너의 소설이 서구 소설의 형식과는 많이 달랐기 때문이다. 언젠가 마르케스는 "『백년의 고독』은 사실 특수한 라틴아메리카적 형식을 갖춘 일종의 서사곡이다"라고 시적으로 표현한 바 있다. 라틴아메리카적 서사곡의 특별한 형식이 그의 서술 방식을, 구체적으로 말하면 어디서부터 어디까지 이야기할지, 무엇으로 사람들을 흥미롭게 할지, 무엇으로 사람들의 시간 감각을 흐트러뜨릴지 결정지었다. 그는 자신의 글은 일종의 기나긴 노래여서 서구식 소설의 틀과 단락의 논리를 따르지 않는다고 말했다. 그래서 이 소설은 본래 지극히 소박해 보인다. 각 장의 제목은커녕 장을 구분하는 번호도 없으며 당연히 목차도 없다.

『백년의 고독』은 옛날 중국 농촌에서 거문고를 메고

유랑하던 맹인의 이야기와 흡사하다. 맹인이 어느 집에 가서 이야기를 시작하면 하루에 다 끝나지 않아 둘째 날 저녁에 이어서 했고, 셋째 혹은 넷째 날까지 이어졌다. 이것은 소설을 읽는 것과 어떠한 근본적 차이가 있을까? 이야기한 것은 그저 지나갈 뿐 거꾸로 돌아오지 않으며, 이미 이야기한 것을 회수해 나중에 이야기할 것, 지금 이야기하고 있는 것과 비교하거나 대조할 수도 없다. 유일하게 알 수 있는 것은 이야기를 듣고 남은 어수선한 기억뿐이다.

이렇게 사람들에게 들려주는 이야기는 그 방법도 다르게 마련이다. 이야기꾼은 앞서 한 이야기 중에 청자가 무엇을 기억하는지 또 무엇을 잘못 기억하는지 가정하고 그런 가정 위에서 이야기를 계속 이어간다. 지난번에 이 인물은 죽지 않았나 하고 우리가 기억하면 그 인물은 죽은 게 된다. 그런데 이야기꾼이 오늘 그 인물이 무슨 일을 했다고 이야기했다고 쳐 보자. 만약 소설을 읽는 것이었다면 우리는 앞 장으로 돌아가 그가 정말로 죽었음을 확인하고, 그래서 지금 그는 귀신이라고 생각할 것이다. 하지만 긴 이야기를 할 때는 다르다. 이야기꾼은 우리가 불명확한 의심 속에 있게 내버려 둔다. 그는 죽은 것 같은데 아니었나? 내가 잘못 기억하는 건가, 아니면 그가 귀신이 된 건가? 그것도 아니면 또 무엇이란 말인가? 이야기는 이런 불명확한 의심 속에서 계속 전개되고, 그래서 이미 앞에서 언급한, 세상에는 어떤 일도 일어날 수 있다는 위험한 느낌이 생겨난다. 답을 찾아낼 수 없어 너무 많은 일이 확인되지도 안정되지도 못한다.

긴 이야기는 확실한 구조를 제공하지 못하고 그저 끊임없이 서술되며 이 시점時點에서 저 시점으로 이어질 뿐이다. 마르케스의 거침없이 전개되는 서술은 독자가 평상시 소설을 읽던 습관을 동원하는 것을 제지한다. 우리는 부엔디아 대령이 다시 총살형 집행 대원들 앞에 서는 장면을 보면 당장 앞에서 그 장면이 어디에 나왔는지 찾아 두 장면을 비교하려 할 것이다. 하지만 그래서는 안 된다. 마르케스는 우리가 계속 심취해서 들어주기를 바란다. 흐리멍덩하게 들어도 상관없다. 흐리멍덩함이야말로 마술적 시간이 자아내는 분위기다.

거대한 서사의 흐름

그 거대한 서사의 강줄기는 계속 흐르다 다시 돌아오는 일 없이 곧장 바다로 들어간다. 서사가 다 끝나야만 우리는 비로소 뒤를 돌아본다. 우리는 돌아가서 한 번이고 두 번이고 다시 읽을 수 있다. 몇 번을 더 읽어도 상관없다. 하지만 그때마다 그 노래가 다시 울려 퍼지게 해야 한다. 그렇지 않으면 작품 형식의 특수한 의미를 잃게 된다. 일단 서사의 흐름 속에 잠기면 답은 벌써 우리의 머릿속에 있다. 앞의 이야기에 관해 머릿속에 어떤 기억이 남았든 그것이 맞다. 왜냐하면 이 작품은 시간의 흐름 속에서 끊임없이 변화하는 서사곡이지 소설이 아니기 때문이다.

이것은 우리의 독서 경험에 대한 도전이므로 모두 체험해 보기를 바란다. 매일 자기 전에 『백년의 고독』을 펼치고 잠들 때까지 읽어도 좋다. 그사이에 의식이 모호한 단계가 있을 것이다. 뭘 읽었는지도 모르고, 도대체 읽고 있는지 아닌지도 모르고, 읽었는데 안 읽은 것 같기도 하다. 정말로 아이가 어른이 들려주는 이야기를 듣는 것 같고, 또는 무대 한쪽에 숨어 연극을 보다 스르르 잠드는 것도 같다. 이튿날 그 연극이 전날에 이어 다시 시작되더라도 우리는 앞부분을 못 봤다고 다시 돌아가 달라고 하지는 못한다. 두 주인공의 첫 결투 장면을 놓쳤어도 어쩔 수 없다. 한번 잠들었으면 그만이다. 지나간 서사의 시간은 다시 돌아오지 않는다. 우리는 두 번째 결투부터 보면서 첫 결투에서 어떤 일이 있었는지 추측할 수밖에 없다. 나는 이것이 『백년의 고독』

을 읽는 가장 좋은 방법이라고 생각한다.

　　매일 자신에게 약간의 시간을 할애하자. 그런 다음 계속 읽다 졸리면 잠을 자자. 그러고 나서는 돌아보지 말고 잠들기 전에 어디까지 읽었는지만 생각하자. 그다음 날에도 계속 읽다 자고 또 그다음 날에도 계속 읽기로 하자. 그러면 아마 사흘에서 닷새 안에 『백년의 고독』을 일독할 것이고 또 5주 안에 열 번을 읽을 수 있을 것이다. 그러고 나면 이 소설은 우리의 삶에 들어와 세계를 관찰하고 이해하는 렌즈가 되어 결국 우리 삶을 전혀 다르게 바꿔 놓을 것이다.

라틴아메리카는 빠르게 식민자에게 점령되었고, 그곳에 간 식민자인 스페인은 유럽의 현대화 과정에서 상대적으로 이성화가 가장 느리고 그 정도도 가장 낮은 국가였다. 그리고 스페인의 가톨릭 선교사들은 신의 기적과 기적이 종교에서 차지하는 핵심 역할을 깊게 믿었다. 그들은 그런 믿음을 라틴아메리카에 가져가 현지의 다른 샤머니즘 전통과 혼합해 식민 사회의 기초를 다졌다. 그래서 18~19세기 전 지구를 휩쓴 이성의 대혁명이 그곳에서는 위력이 크게 감소했다.

    우리는 마르케스와 거의 같은 시기에 활약한 라틴아

메리카 작가 중에서 유사한 시도를 한, 즉 수시로 신화와 기적이 일어나는 세계를 복제하고 되살려 낸 이들을 꽤 여러 명 찾아낼 수 있다. 아르헨티나의 맹인 시인 보르헤스* 와 마르케스보다 조금 나이가 많고 서로 친밀했던 후안 룰포**가 대표적인 예다. 라틴아메리카 소설사에서 룰포는 매우 중요한 위치를 차지한다. 그는 삶과 죽음을 오가고 생사의 경계선을 알 수 없는 환상적인 서술 기법을 창안하여 마르케스의 소설에 지대한 영향을 끼쳤다. 그 밖에도 마르케스의 절친한 친구였던 카를로스 푸엔테스가 있다.

이 작가들의 공통점은 바로 독자에게 마치 현실처럼 삶과 죽음을 넘나드는 경험을 선사한 것이다. 하지만 그들은 모두 마르케스가 아니었다. 마르케스만이 『백년의 고독』을 썼고 또 마르케스만이 『백년의 고독』으로 그들의 성취를 뛰어넘어 라틴아메리카 문학을 전 세계에 알릴 수 있었다. 이것은 마르케스가 그 작가들과 공유했던 라틴아메리카의 문화적 배경 외에도 다른 여러 가지 중요한 요소가 그와 그의 소설에 작용했기 때문이다. 이런 취지에서 이번 장에서는 리얼리즘과 모더니즘 소설 전통 그리고 포크너가 그에게 끼친 영향을 살펴보기로 하겠다.

---

* Jorge Luis Borges(1899~1986). 아르헨티나의 작가로 아르헨티나 국립도서관 관장을 역임했다. 저서로 『보르헤스 전집』 『보르헤스, 문학을 말하다』 등이 있다.
** Juan Rulfo(1918~1986). 멕시코의 작가이며 그의 작품은 마르케스에게 지대한 영향을 끼쳤다.

도시화가 낳은 인구 이동

먼저 언급해야 하는 것은 마르케스가 카리브해 연안에서 보고타로 공부를 하러 갔고 거기에서 '보고타 사태'를 만나 다시 카리브해 연안으로 돌아왔으며, 그다음에는 콜롬비아를 떠나 멕시코시티를 비롯한 라틴아메리카의 여러 도시에서 살았다는 사실이다. 그렇게 그가 십수 년에서 20년 동안 라틴아메리카의 도시와 농촌을 오가며 생활한 것은 그의 동년배 청년들 사이에서는 보기 힘든 일이었다.

제2차 대전 이후, 20세기 후반에 라틴아메리카는 전 세계 대부분의 지역과 마찬가지로 대규모 인구 이동이라는 변화를 겪었다. 도시화는 인구의 도시 집중 현상을 낳았다. 제2차 대전 전에는 도시화가 심했던 국가도 도시 인구가 기껏해야 총인구의 3분의 1 정도였지만, 제2차 대전이 끝난 뒤에는 많은 국가가 50퍼센트가 넘는 도시 인구 비율을 기록했다.

내전을 치르는 동시에 도시화 과정을 겪으면서 라틴아메리카인의 의식과 관념은 크게 편향되었다. 또 도시화는 필연적으로 인구 분포상의 쏠림 현상을 초래했다. 당시 도시화의 주요 동력은 젊은이였고, 특히 젊은 남성이 먼저 농촌을 떠나 임금노동자 신분으로 도시에 들어갔다. 지나치게 높은 남성 인구 비율은 도시에서 매춘과 범죄 등의 문제를 계속 야기했고, 그래서 일정 단계에 이르렀을 때 젊은 여성의 뒤이은 도시 이주를 촉발했다. 젊은 여성들은 도시에서 새로운 보충 노동력이 되거나 더 나은 결혼의 기회를 찾았다.

도시와 농촌의 성별 분포는 점차 균형을 이루었다. 하지만 세대 분포는 계속 불균형 상태였다. 중노년층의 도시 이주를 이끄는 상응하는 동력이 없었기 때문이다. 젊은이들은 도시에 가고 중노년층은 농촌에 남는 것이 매우 보편적인 현상이었다.

도시와 농촌의 차이

마르케스가 성장하던 시기, 내전에 진저리가 난 사람들은 자신의 자유를 독재자가 약속한 안정과 맞바꾸었고 독재자의 부상이 내전을 종결지었다. 이후 독재자의 통치 아래 태어나고 성장한 젊은 세대는 독재를 당연하고 정당하며 심지어 유일한 통치 형식으로 간주하기 쉬웠다. 이에 반해 도시로 안 가고 농촌에 남은 중노년층은 옛날 내전의 기억을 간직하고 있었다. 정치사와 정치학의 통칙을 보면 독재자가 통치하는 사회는 기본적으로 기억을 적대시한다. 독재자는 갖가지 방식으로 역사를 고쳐 쓰고 모든 사람이 통일된 판본의 역사 속에서 살아가기를 요구한다. 그리고 통일된 판본의 역사가 예로부터 독재정치가 행해져 왔으며 독재자의 통치는 시간성이 없는, 영원에 가까운 것임을 보여 주기를 바란다. 이것을 원천으로 독재자는 스스로 안전하다고 느낀다.

역사를 날조하는 일은 사실 대단히 번거롭다. 왜냐하면 역사는 사소한 것도 전체와 연결되어 있어서 만일 독재자가 자신을 긍정적인 인물로 창조하고 나아가 신화적인 과거를 갖추려고 하면 반드시 자기 주변 사람들의 생애까지 날조해야 하기 때문이다. 가족도 동창도 친구도 없이 스스로 혼자 큰 독재자는 없다. 그래서 그의 모든 가족과 동창과 친구까지 과거를 바꿔야 한다. 그것은 정말로 대대적인 작업이다. 가령 어떤 사람이 열다섯 살에 훗날의 독재자를 따라 기차역에서 소매치기를 했다고 해 보자. 일단 독재자가 탄생하고 나면 당연히 소매치기 두목이라는 전력이 알려져서는 안 된다. 따라서 그 사람은 당시 그를 몰랐어야 하고, 아니면 애초에 기차역의 소매치기였던 적이 없어야 한다.

소련 전체주의의 가장 공포스럽고 대단한 점이 바로

모든 기록을 일일이 고쳐 쓴 것이다. 사진 자료까지 꼼꼼히 점검해서 훗날 나타나지 말아야 할 인물을 빼 버리고 대신 훗날 있어야 하는 인물을 끼워 넣었다. 라틴아메리카의 독재자에게는 그렇게 고도로 세밀한 날조 기술이 없었다. 그들은 비교적 직접적인 방식에 의존했다. 고압적 수단으로 사람들이 그 '불편한' 일을 머릿속에서 지우고 언급도 토론도 하지 못하게 만들었다. 언급하고 토론하는 사람이 없으면 그 일은 존재하지 않는 것이나 마찬가지였다.

기억에 대한 그런 조잡한 통제는 철저히 이뤄지기 어렵다. 하지만 그 과정에서 독재자는 도시화의 덕을 톡톡히 보았다. 청년들이 도시에 집중되어 한꺼번에 통제하기가 쉬워졌기 때문이다. 도시화로 인구가 집중된 곳일수록 기억을 말살하기 쉬웠다. 또는 그런 곳일수록 기억 따위에 개의치 않는 분위기가 강했다.

도시화가 심화되면서 라틴아메리카의 여러 국가에서는 양극단의 발전 추세가 나타났다. 도시는 기억이 없는 곳이었고 그곳의 젊은이들은 현재와 눈앞의 일만 중시했다. 반대로 농촌에 남은 중노년층은 과거의 기억 속에서 살아갔는데, 이는 한편으로 독재자가 효과적으로 통치 범위를 그들이 사는 데까지 넓히지 못했기 때문이며 다른 한편으로 그들의 기억이 지나치게 뚜렷하고 강렬해서 쉽게 지워지지 않았기 때문이다. 『백년의 고독』에서 부엔디아 대령은 30차례에 가까운 전쟁에 참가했고 그중 절반이 넘는 전쟁에서 패하여 사형대에 섰다. 이런 기억이 어떻게 지워지겠는가? 그들 스스로 잊고 싶더라도 그 기억은 쉬지 않고 그들을 따라다녔으며, 더욱이 나이 든 이들에게는 거의 무한대에 가까운 시간이 있었다. 그들은 과거의 경험과 감정을 천천히 곱씹으며 살아갔다.

한쪽에는 어떠한 기억도 없고 거의 청년으로만 이뤄진 도시가 있고 다른 한쪽에는 기억이 모든 것을 통치하고 청년이라고는 눈을 씻고 봐도 찾을 수 없는 농촌이 있었다. 그 두 환경을 오가면서 마르케스는 분명히 특별한 영향을 받았을 것이다. 마르케스는 동년배와는 다른 방식으로 자랐다. 외할아버지의 집에서 열 살까지 자라다 비로소 부모와 함께 살았다. 그리고 외할아버지는 내전을 두루 겪고 카리브해 연안의 바나나 농장에 정착해, 매일같이 끝내 오지 않을 연금을 기다리던 노인이었다.

이런 경험의 영향은 마르케스가 자라서 보고타로 갈 때까지도 사라지지 않았다. 그는 유령의 기억을 갖고 보고타에 가서 법학과를 다녔으며 동시에 문학이 좋아 창작을 시작했다. 그러면서 문학과 법학 중에 뭘 택해야 할지 이리저리 망설였다. 그는 본래 법학과를 졸업하고 다시 생각해 볼 셈이었지만 보고타 사태로 인해 고향에 돌아가야 했다. 법학 분야의 모색을 끝내고 그 유령의 발원지로 돌아간 것이다.

번화하고 무질서하며 모더니티와 현재의 시간이 빚어낸 도시와 시간이 거의 멈춘 황폐한 농촌 사이를 오가는 것은 마르케스에게 대단히 큰 유혹이자 도전이었다. 그가 1967년이 돼서야 『백년의 고독』을 탈고한 것은 어떤 방식으로 그 대비를 표현해야 할지 충분한 모색의 시간이 필요했기 때문이다. 그것은 당연히 쉬운 일이 아니었다.

리얼리즘의 소설 미학

또 다른 문학적 원천도 마르케스에게 큰 도움이 되었다. 그는 미국 소설가 포크너의 작품을 열렬히 사랑하고 진지하게 읽은 적이 있었다.

포크너는 노벨문학상 수상자이지만 그의 문학적 성취와 문학사적 의미는 그 상의 명성을 초월한다. 서구 모더니즘 소설의 조류에서 미국 국적의 노벨문학상 수상자로 모더니즘 기반에 결정적인 충격을 가한 인물이 두 명 있는데,

바로 어니스트 헤밍웨이와 포크너다. 상대적으로 존 스타인벡과 솔 벨로*는 물론 빼어난 소설을 쓰기는 했지만 현대소설을 근본적으로 성찰하지는 못했고, 후대 작가들에게 그렇게 강력한 영향을 주지도 못했다. 수많은 문학 애호가와 문학적 재능을 타고난 후배들이 헤밍웨이나 포크너의 작품을 읽고 충격을 받아 "아, 소설을 이렇게도 쓸 수 있구나!" 하고 감탄했다. 그래서 헤밍웨이와 포크너의 작품을 읽고 나면 결코 그들의 영향에서 벗어날 수 없었고 그들의 그림자가 집요하게 그들의 작품 속에 파고들었다.

여기에서 서구 소설의 발전과 변화에 관해 잠깐 살펴보기로 하자. 장편소설, 즉 영어의 '노블'novel은 결코 오래되지 않았다. 상대적으로 나중에 발생한 새로운 것으로 17세기가 돼서야 크게 부각되었다. 본래 '노블'이라는 단어는 형용사로 '새로운' '신기한'이라는 뜻을 나타낸다. 한편 새로운 장편소설의 발전 역시 새로운 두 가지 조건, 즉 도시 및 중산층 독서 집단과 밀접한 관계가 있었다. 이 두 가지 조건이 없었다면 오늘날 우리에게 익숙한 서구 장편소설 형식은 존재하지 못했을 것이다.

19세기 이후에는 리얼리즘이 장편소설의 주류 미학 기준이 되었다. 장편소설은 실제로 일어난 일을 그려야 한

---

* Saul Bellow(1915~2005). 미국의 작가로 1976년 노벨문학상을 받았다. 주요 작품으로 『오늘을 잡아라』 『허조그』 『오기 마치의 모험』 등이 있다.

다고, 더 정확히 말하면 독자가 삶의 현실적인 상태를 파악하도록 도와줄 수 있어야 한다고 생각한 것이다. 리얼리즘은 부분적으로 도시 중산층의 강한 수요에서 비롯되었다. 왜 소설을 쓰려 했을까? 왜 소설을 읽어야 했을까? 도시 생활이 본래 안온하고 익숙했던 환경에서 사람들을 끌어내 낯설고 불안하며 끊임없이 변화하는 환경 속에 방치했기 때문이다.

소설의 핵심 기능은 다른 사람의 삶을 형상화해 제공하는 것이다. 소설가의 허구화 능력을 빌려 다른 사람의 삶을 구현하고 독자에게 이해시킨다. 사람들은 복잡하고 현란한 도시에 살아도 괜찮았다. 걱정하거나 두려워할 필요가 없었다. 여러 다양한 이들의 삶을 구현한 소설을 통해 "아, 알고 보니 이들은 이렇게 살고, 생각하고, 세상을 보는구나" 하고 납득했다. 이런 기능을 감당할 수 있으려면 확실히 소설은 사실적이어야 했다. 소설가가 제 마음대로 자신의 환상을 묘사해서는 안 되었다.

소설이 도시 생활과 밀접한 관련이 있었기 때문에 소설의 내용은 상당 부분 도시 중산층의 문제와 관심에 따라 결정되었다. 그 시대의 도시 주민은 무엇을 힘들어했을까? 그들은 도시의 양상을 파악하지 못하고 또 도시 생활을 정의하지 못하는 것을 힘들어했다. 새로운 사물이 수시로 끊임없이 나타나는 바람에 본래 갖고 있던 경험만으로는 대처할 수 없었다.

예를 들어 산책길에 괴상한 모양의 건물 한 채가 새로 들어섰다고 해 보자. 왜 저런 집을 지었을까? 또 누가 저런 집에 살까? 아니면 휴가를 보내려고 해변에 갔는데 예전에 못 보던 현상이 새로 눈에 띄었다. 일부 사람들이 바다에서 수영을 안 하고 리조트에 묵으며 그 안의 풀장에서 수영을 했다. 왜 이런 일이 생긴 걸까? 그리고 도시의 거대한 노동자 거주 지역이 하룻밤 사이에 철거되고 그 자리에 대형 공원이 들어섰다. 공원의 연못에서는 사람들이 모형 보트를 띄우며 놀고 연못가 무대에서는 현악사중주 공연이 펼쳐졌다. 이것은 또 어떻게 된 일인가? 1860년 전후, 서구의 주요 대도시에 백화점이 속속 출현하고 거기에 수천수만 가지 상품이 집결해 사람들에게 현기증을 일으킨 것은 더 말할 필요도 없다. 이것은 또 어떻게 대응해야 할까?

도시 생활의 끝없는 변화 앞에서 그런 변화의 속도에 아직 적응하지 못한 도시 주민들은 어찌할 바를 몰랐다. 하지만 그들은 그에 대한 해결책으로 소설을 읽을 수 있었다. 소설의 내용은 그들에게 대형 공원 부근에 사는 사람들이 어떻게 공원을 대하고 이용하는지, 또 공원과 관계있는 사람들이 서로 어떤 방식으로 교류하는지 알려 주었다. 그리고 그들이 어떤 생활을 하는지, 그들의 생활에서 어떤 일이 일어나는지, 그들은 어떤 감정과 감각으로 어떤 일에 대응하는지도 알려 주었다. 소설은 엄청난 능력으로 낯설지만 밀접한 주변 생활을 인식할 수 있게 독자를 인도해 주었다.

모더니즘으로의 변천

19세기 후반이 되면서, 특히 20세기에 접어들면서 도시 생활은 지속적으로 변하며 양적인 변화에서 질적인 변화에 이르렀고 이에 따라 새로운 문제가 생겨났다. 해결해야 하는 그 새로운 문제는 개인과 주변 사람의 관계가 갈수록 단절되어 삶이 소외되는 것이었다. 본래 다른 사람의 삶을 궁금해했던 이유는 다른 사람의 생활 방식에서 규칙과 규범을 찾아 모방하고 학습해 스스로 도시 주민이 되기 위해서였다. 하지만 도시 생활에 관한 정보가 누적되면서 사람들은 자신의 삶과 다른 사람의 삶이 완전히 단절된 것처럼 판이하다는 사실을 깨달았다. 도시에 산다는 것을 빼고는 자신과 그들 사이에 아무 연관성도 없었다.

서로 간의 유대 관계가 결여된 채 다원적 환경과 다원

적 삶의 양태를 지닌 도시에서 오래 거주하다 보니 사람들은 자신을 자리매김하고 정의하는 데에서 오는 안전감을 점차 상실하게 되었다. 나는 대체 누구인가? 대체 어떤 삶을 살아야 하는가? 나는 '옳은' 삶이나 '옳은' 삶의 목표를 찾을 수 있을까? 더 많은 도시 생활의 정보와 디테일은 이런 근본적인 존재의 문제에 답하는 데 도움이 되기는커녕 오히려 초조함을 더 가중시켰다.

이 결정적인 지점에서 리얼리즘 소설은 모더니즘 소설로 바뀌었다. 모더니즘은 도시 생활에 관한 객관적 서술을 제공하는 기능을 포기하고 개인의 주관적 혼란과 방황을 추적해 기록하는 쪽으로 전환했다. 이제 탐색하고 설명해야 하는 것은 더 이상 외부의 현상이 아니라 자아와 자아가 외부 현상을 감지하는 방식이었다. 소설은 19세기 프랑스의 '심리소설'에서 출발해 끊임없이 개인의 내적 차원으로 나아가며 개인적 주관이 외부 세계를 느끼고 그것에 반응하는 과정을 탐색했다.

소설의 이 거대한 전환의 조류는 역시 도시에서 집중적으로 발생했다. 제임스 조이스의 기념비적 소설집 『더블린 사람들』은 모더니즘의 문턱에 자리한 작품으로 리얼리즘 소설이 하려 했던 일을 마무리 지었다. 『더블린 사람들』

이후 조이스는 『율리시스』와 『피네간의 경야』를 썼으며, 두 작품은 확실히 모더니즘의 새로운 감수성과 사유 위에 수립된 걸작이다.

『더블린 사람들』은 대단히 애매하고 과도기적인 성격을 띠고 있다. 한편으로 도시와 도시인의 개인적 삶에 대한 19세기 리얼리즘 소설의 호기심을 계승하면서도 다른 한편으로 리얼리즘의 자세한 묘사와 장편 서사를 지양하고 파편적인 장면을 모아 전달하는 방식으로 도시 사람들의 우발적이고 순간적인 통찰과 깨달음, 즉 에피파니epiphany를 집중적으로 응시하고 묘사했다.

『더블린 사람들』은 찰스 디킨스나 레프 톨스토이의 전형적인 장편 서사가 아니라 대단히 개인적이고 생동감 있는 기록으로, 심지어 개인의 경험을 그릴 때도 개인적 삶의 소소하고 비전형적인 단편에 주목했다. 바로 이런 점에서 『더블린 사람들』은 19세기를 벗어나 20세기 현대소설을 향해 큰 걸음을 내디뎠다. 하지만 다른 관점에서 볼 때 조이스가 그 인물들을 택해 그런 경험을 견본으로 뽑아낸 것은 리얼리즘 후기의 창작 이념에 따라 소설의 허구를 이용해 시대와 사회의 가장 중요한 정신적 면모를 몇몇 인물과 상황과 스토리 속에 농축시켜 드러내기 위한 것이기도 했다.

　미국 작가 셔우드 앤더슨*은 『더블린 사람들』을 모방해 『와인즈버그, 오하이오』라는 연작단편집을 썼는데, 이 책의 제목은 소설의 배경인 미국 오하이오주의 시골 마을을 가리킨다. 그는 조이스가 더블린을 그린 기법을 차용해 시골 마을의 생활을 서술했다. 그런데 이런 차용은 특수한 의미가 있었다. 과거에 소설은 복잡한 도시 생활을 그리고 파악하는 사명을 띠었으므로 전형적인 인물과 이야기에 관해 쓰는 기본 모델을 발전시켰다. 여기에서 이런 속성을 가진 인물과 이야기를 찾고 또 저기에서 저런 속성을 가진 인물과 이야기를 찾는 등, 마치 오늘날 여론 파악을 위한 샘플 조사를 하는 것과 같았다. 그래서 다섯 명에서 열 명의 인물이 보여 주는 삶과 그들의 상호 관계만으로 도시의 전체적인 이미지를 전달할 수 있었다. 리얼리즘 소설의 수법은 이런 이유로 도시 이외의 환경을 묘사할 때는 가져다 쓰기 어려웠다.

　당시의 주류 관념에 따르면 소설은 도시를 그려야 하고 오직 도시에만 기이하고 다양한 이야기가 많았다. 도시 이외의 전원과 농촌에서는 사람들이 대부분 똑같고 생활에 변화가 없으며 서로를 속속들이 알아서 소설로 쓸 만한 게

---

* Sherwood Anderson(1876~1941). 미국의 소설가이며 대표작으로 『와인즈버그, 오하이오』 『검은 웃음소리』 등이 있다.

거의 없다고 여겨졌다. 하지만 앤더슨은 『더블린 사람들』의 기법을 시골 마을을 그리는 데 적용하여 그 조용하고 재미없어 보이는 마을이 그렇게 동질적이지 않다는 것을, 다양하고 다채로운 드라마성은 표면이 아니라 개개인의 주관적이고 심층적인 차원에 있다는 것을 보여 주었다.

외딴 마을에 투사된 소설의 눈

한때 앤더슨과 가까이 지내며 그에게서 큰 영향을 받은 작가가 포크너다.

포크너는 미국 남부 시골 마을 주민의 삶에 관해 쓰고 일부 리얼리즘 기법을 계승했지만 동시에 신화나 전설 같은 내용을 집어넣기도 했다. 그는 본래 도시 경험에서 발달한 소설 기법(19세기 리얼리즘부터 조이스, 앤더슨을 거치며 발전한 모더니즘 미학)을 가져와 도시와 정반대되는, 낙후되고 전통적이며 폐쇄적인 듯한 농촌사회를 그렸다. 상상해 보면 도시와 비교해 미국 남부 농촌은 너무 따분해서 툭하면 졸기나 할 것 같은데 소설로 쓸 만한 게 뭐가 있을까 싶다. 그러나 포크너의 펜은 그곳을 도시보다 더 놀랍고 더 매력적인 곳으로 구축했다. 포크너가 그린 정경은 도시가 발달하기 전까지는 사람들이 잘 몰랐고 도시화 이후에도 돌이켜 정리한 사람이 없는 것이었다.

　도시 생활은 고도로 이성화될 수밖에 없도록 주민들을 압박했다. 그 이유는 매우 간단했다. 도시에 살려면 적어도 정확한 '시간적 이성'을 가져야 했기 때문이다. 버스가 몇 시에 출발하는지, 기차는 몇 시에 떠나는지 모르면 대중교통을 이용할 수 없고 은행이 몇 시에 문을 열고 닫는지 같은 규정을 모르면 일도 할 수 없었다. 너무 많은 사람이 도시에 모여 있으니 반드시 이성이 개입해 질서를 잡아야 했다. 도시 주민은 도시의 공공사무를 배치하는 이성에 맞춰 스스로를 조정해야 했다. 이것이 바로 시골에서 도시로 막 이주한 사람들이 가장 적응하기 힘든 일이었다.

　도시의 이런 이성화 경험을 토대로 돌아보면 도시 이외의 지역, 도시화가 아직 침투하지 못한 지역에 아직 이성화의 세례를 받지 않은 사람과 이성화 이전의 시간이 존재한다는 사실에 문득 놀라고 시선이 쏠리곤 했다. 그런 전前이성적 전통에 젖은 사람의 시각이 아닌 도시인의 시각으로 보면 그런 삶은 전혀 무료하지 않고 그 안에는 신기한 요소가 대단히 많아 보였다. 아직 이성의 손을 거치지 않은 그 사람들은 도시인이 더는 이해할 수도 볼 수도 들을 수도 없는 것을 이해하고 보고 들었다. 동시에 도시인은 더 이상 믿지 못하는 일을 믿기도 했다.

포크너는 도시 생활에서 비롯된 소설의 눈으로 아직 변화를 겪지 않은 외딴 시골을 보았고, 도시 생활로 연마된 소설의 필체로 그들의 삶과 믿음 그리고 그들의 감정과 갖가지 상호 관계를 날카롭고 세밀하게 그렸다. 이런 묘사는 고도로 도시화된 환경에 있는 독자에게 마치 신화와도 같았다. 포크너는 대단히 탄탄한 사실 묘사 능력이 있었으며 글로 대화를 포착하고 재현하는 데 극도로 공을 들였다. 그래서 독자는 그 리얼리티에 의문을 갖기 어려웠다. 읽어 보면 흡사 현실처럼 느껴지기 때문이었다. 하지만 그런 극리얼리즘 수법으로 써낸 내용은 또 대단히 이해하기 어려웠다. 소설 속 인물들의 격렬함과 어리석음은 도시인에게 아무 의미가 없는 것인데도 더할 나위 없이 강렬한 반응을 불러일으켰고, 정반대로 도시인이 대단히 중요하게 여기는 것은 또 완전히 무시되었다. 이런 전도顚倒가 포크너 소설의 명시되지 않는 기초인 동시에 사람들이 저항할 수 없는 매력을 느끼는 지점이었다.

포크너에게 배운 것

앞에서 이미 언급한 환경에서 성장한 마르케스가 포크너

의 소설을 읽고 얼마나 친근감을 느꼈을지 우리는 상상할 수 있다. 포크너가 묘사한 미국 남부는 그가 카리브해 연안의 외할아버지 집에서 자라며 경험했던 것과 너무나 흡사했다. 죽은 자의 유령이 곳곳을 떠돌다 산 자에게 감지되는 것도 비슷했다. 포크너는 사실적 기법을 사용해 도시인의 이성화된 눈에는 환상적인 신화로 보일 게 분명한 이야기를 서술하는 방식을 그에게 가르쳐 주었다. 포크너가 도시인의 리얼리티 개념을 뛰어넘을 수 있었던 것은 당연히 도시인이 믿기도 이해하기도 불가능한 것을 조심스레 피하거나 장황하게 설명했기 때문이 아니다. 똑같이 사실적인 일을 다루는 말투로 매우 대범하게 이야기했기 때문이다.

포크너가 있었기에 마르케스는 비로소 서사 방법을 찾고 자신의 작은 마을 마콘도를 구축할 수 있었다. 우리는 지도에서 마콘도라는 지명을 찾을 수 있지만 현실 속 마콘도와 마르케스가 그려 낸 마콘도는 동일하지 않다. 마르케스가 그린 마콘도는 작은 마을이지만 현실의 마콘도는 바나나 농장으로, 마르케스가 외할아버지의 고향에서 기차를 타고 보고타로 갈 때 지나친 지역의 이름이다. 그는 그 이름이 좋아서 그것으로 포크너식의 외지고 황량한 교외 마을을 구축했고, 그곳에서 우리가 일어날 수 있다거나 일어날 리 없다고 생각하는 모든 사건이 일어나게 했다.

마르케스는 또 포크너에서 조이스까지 올라가 다른 한 가지를 더 배웠다.

20세기 이전에 소설은 가장 중요한 요건을 성립시켰는데, 그것은 바로 몇 가지 사건event이 일어나야만 소설을 전개할 수 있다는 것이었다. 모더니즘이 출현하기 전까지 좋은 소설은 모두 소설 속 핵심 사건을 통해 논의할 수 있었다. 『노트르담의 꼽추』에 관해 논의하려면 먼저 거기에 무슨 사건이 나오는지 이야기했다. 『레 미제라블』에 관해 논의하려면 먼저 다섯 권이나 되는 그 소설의 주요 사건을 한 장의 표로 열거했다. 그 소설들은 사건 발생의 축선이 있어서 다 읽고 매우 쉽게 정리해 전달할 수 있었다.

사건은 더 이상 포인트가 아니다

모더니즘 소설에서는 사정이 달라졌다. 조이스의 『율리시스』는 도대체 무슨 사건을 서술하고 있을까? 우리가 『노트르담의 꼽추』를 형용하듯 『율리시스』를 형용할 수 있을까? 아마도 우리는 『율리시스』가 주인공 블룸이 하루 동안 무슨 일을 했는지 적고 있다고 말할 것이다. 하지만 이런 견해는 의미가 없으며 『율리시스』를 이해하는 데 전혀 도움이 안 된다. 우리는『노트르담의 꼽추』축약본을 읽고 이 소설의 개요를 파악할 수 있다. 100년 넘게 절대다수의 독자가 그렇게 축약본에 의지해『레 미제라블』과『삼총사』와『몬테크리스토 백작』을 읽었다. 두꺼운 원본을 읽는 사람은 별로 없었으며 그래도 스스로 그 소설을 읽었다고 생각하는 데에는, 또 다른 독자와 그 소설을 이야기하는 데에는 별로 지장이 없었다. 하지만 똑같은 방식을『율리시스』에는 적용할 수 없다.『율리시스』도 매우 두꺼운 소설이지만 축약본을 출판한 사람은 없었다. 소설의 줄거리를 이야기하는 것과 소설 자체를 읽는 것이 완전히 다르기 때문이다.

많은 사람이 포크너가 미국 남부를 생생히 재현해 냈다고 말한다. 미국 남부에서 그 전에 일어났고 그 후에 일어날 어떠한 일도 포크너의 눈을 피하지 못했다. 하지만 포크너의 소설에서도 역시 중요한 사건을 정리하기는 어렵다. 관건은 인물, 그 다양한 사람들의 사건에 대한 다양한 인상이다. 사건이 아니라 인상이 미국 남부의 특질을 담은 담지체다.

『백년의 고독』도 마찬가지다. 모든 사건이 마콘도에서 일어나거나 마콘도와 관계가 있다. 그런데 열심히 따져 봐도 역시 그 사건들의 맥락과 축선이 정리되지 않는다. 사건은 어디에 있을까? 누가 자기 방에서 총에 맞아 죽었는데 그의 피가 흐르고 흘러 길을 따라 옛날 집까지 가서 어머니에게 자신의 변고를 알린다. 또 누구는 가는 곳마다 머리 위로 노랑나비가 날아다닌다. 누가 철로 옆 고랑에 엎드려 있는데 거의 200량이나 되는 화차가 끝도 없이 어둠 속으로 미끄러져 들어가기도 한다. 이런 것은 사실 사건이 아니다. 이 소설에서 모든 사건이 발생하는 유일한 방식은 바로 명백한 사건을 흐트러뜨리고 제거하는 것이다.

사건을 핵심으로 삼지 않고도 소설은 더 깊고 더 많은 내용을 표현할 수 있다. 마르케스는 포크너와 조이스로부터 바로 이 능력을 습득했다.

산산조각 난 사회적 유대

리얼리즘, 모더니즘, 포크너는 마르케스에게 깊은 영향을 준, 그의 작품의 중요한 원천이다. 이 밖에도 마르케스의 소설에는 세 가지 중요한 주제가 있다. 바로 고독, 운명, 부조리다.

마르케스 소설의 고독에 관해 이야기하려면 유곽 brothel에서의 생활을, 유곽이 실제로 마르케스의 삶에서 차지했던 위치를 언급해야만 한다. 마르케스는 진융金庸의 무협소설 『녹정기』鹿鼎記*의 주인공 위소보韋小寶는 아니지만, 창녀의 아들인 위소보가 자랐던 양주揚州의 환락가를 떠올

---

* 홍콩 일간지 『명보』(明報)에 1969년부터 1972년까지 연재된 진융의 마지막 무협소설.(옮긴이)

려 보면 좀 더 쉽고 직접적으로 그가 살았던 사회환경을 이해할 수 있을 것이다. 그 사회는 매우 기괴하고 기존의 전통적 유대 관계가 끊어진 것이 특징이었다.

우리는 인간이 다른 사람에게 의존하지 않고 살기란 어렵다는 것을 인정해야 한다. 전통적으로 가족, 도덕, 사회적 신분은 우리가 다른 사람들 속에서 외롭지 않게 사는 것을 보장해 주었다. 나는 내가 누구와 무슨 관계인지 알고, 혼자 감당할 수 없는 많은 것을 누구의 도움으로 감당할지도 안다. 물론 나 역시 다른 사람이 스스로 감당할 수 없거나 감당하기 싫어하는 것을 감당하도록 도와야 한다. 이처럼 사회적 유대는 대단히 중요하다. 그런데 라틴아메리카에서는, 특히 마르케스가 자라던 시대에는 미국의 패권과 식민주의 그리고 도시화의 발전이 그런 유대를 무참하게 산산조각 내 버렸다.

유곽은 그런 사회환경에서 별도의 대체적인 사회적 유대를 제공했다. 마르케스는 젊었을 때 어느 유곽에서 한동안 살았던 적이 있다. 그와 다른 몇 명의 젊은이는 유곽의 고객인 동시에 그곳 여자 포주의 보살핌 대상이었다. 그것은 우리가 생각하는 성매매 관계가 아니라 성관계를 매개로 한 일종의 사회적 유대의 형식이었다.

카리브해 연안의 바나나 농장에는 항상 고향을 등지고 온 남성 노동자들이 들끓었다. 고향과 관계가 끊긴 그들 곁에는 똑같은 신세인 동료밖에 없었다. 든든한 가족의 유대를 다시 확보할 수 없었던 그들은 부득이 또 다른 종류의 조직을 만들어 임시로 안정을 도모했다.

유곽이 바로 그런 조직이었고, 아니면 유곽 주변에 그런 조직을 만들 수 있었다. 다소 이상하게 들리고 인정하고 싶지 않은 사람도 있겠지만 그것은 사실이었다. 유곽은 사람들이 오가는 모임의 장소로서 어떤 이에게는 매춘업소를 넘어 종합 이벤트 구역을 의미했다. 다시 말해 유곽을 중심으로 한 하나의 사회조직이었던 셈이다. 물론 유곽은 정상적인 중심이 아니어서 어쨌든 도덕적 오명stigma을 짊어져야 했고, 따라서 그런 사회조직은 안정적이지 못했다. 그것은 특수한 수요로 생겨나 사회의 보이지 않는 구석에서 운영될 수밖에 없었다.

마르케스는 젊었을 때 그런 특별한 사회조직을 체험하고 나아가 거기에서 '고독'의 의미를 체득했다. 『백년의 고독』의 원제는 'Cien años de soledad'인데 'soledad'이 바로 '고독'이라는 뜻이며 영어로는 'solitude'다. 그러면 'soledad' 'solitude' 그리고 '고독'은 과연 무엇일까? 마르케스는 "고독은 지지, 동정, 단합의 반대말"이라고 정의했다. 'solitude'는 'support' 'sympathy' 'solidarity'의 반대말이라는 것인데, 공교롭게도 모두 's'로 시작하는 단어다. 『백년의 고독』을 쓰면서 마콘도의 100년에 걸친 역사를 왜 고독으로 정의하고 규정했는지 질문이 들어올 때마다 마르케스는 그렇게 답했다.

그 말을 유곽이라는 배경과 연관시키면 그가 묘사하려 했던 고독을 더 깊이 이해할 수 있다. 그는 라틴아메리카의 역사적 환경에서 성장한 수많은 이들이 나중에 지지와 동정과 단합을 잃는 것을 목도했다. 그들은 지지도 동정도 못 얻었을 뿐만 아니라 거꾸로 어떻게 남을 지지하고 동정하는지도 몰랐고, 그래서 남들과 단합하는 것도 불가능했다. 그는 마콘도를 라틴아메리카의 거대한 역사적 변화의 상징으로 삼으면서 한 명 한 명이 다 고독함을 발견했다.

유곽에서 찾은 위로

그렇게 방대하고 보편적인 고독을 어떻게 묘사해야 할까? 이론적 언어나 추상적 언어를 사용해도 그 경향과 강도를 정확히 전달하기 힘들 텐데 하물며 소설의 구체적인 묘사로 바꿔야 했다. 이 주제는 20년 가까이 마르케스를 괴롭혔다. 마르케스는 그 오랜 세월 동안 적당한 서술 방법을 찾지 못하고 고민했다. 그러다 유곽 또는 유곽의 환경을 떠올리고 끝내 돌파구를 찾았다. 정면으로 고독을 묘사하기보다 사람들이 어떤 특이하고 황당한 방식으로 고독을 위로했는지 묘사하는 게 더 나을 듯했다. 사람들이 얼마나 고독했으면 유곽에 모여 자신에게 필요한 위로를 얻었을까? 유곽처럼 음침하고 단절된 환경조차 그들에게는 사람과 사람이 어렵사리 서로 지지하고 동정하는 장이 될 수 있었으니, 그들은 도대체 얼마나 고독했던 걸까?

온 세상에 다른 곳은 없었다. 사람들은 유곽에 가서 서로 위로를 나누고자 했고 또 그래야만 했다. 우리는 흔히 이런 문학적 상상과 마주치곤 한다. 어떤 절망한 사람이 유곽에 들어가 창녀를 불러 놓고 "돈을 줄 테니 내 얘기 좀 들어주겠어요?"라고 부탁하는 것이다. 하지만 마르케스는 그것을 훨씬 더 절실하게 경험한 바 있었다. 마콘도가 상징하는 라틴아메리카에서는 정말로 유곽에 가야만 비로소 다른 곳에서는 얻을 수 없는 사람과 사람 간의 연결을 얻을 수 있었다.

나는 스무 살이 조금 넘었을 때 『백년의 고독』을 읽었고, 마르케스의 생애와 유곽에 대한 그의 관점도 접했다.

그것은 내게 큰 충격이었다. 일반인의 머릿속에서 유곽은 더럽고 음침하며 사람과 사람이 서로 가장 소외되는 곳이다. 육체적 가까움이 대조적으로 정신적 감정적 소외를 더 부각시킨다. 하지만 나는 마르케스의 작품을 통해 본래 우리가 알고 있다고 생각하는 현상이 그 현상의 유일한 면모가 아님을 깨달았다.

마르케스와 거의 동시에 나는 장아이링*이 '번역'한 『해상화열전』海上花列傳**을 읽었다. 남쪽 방언으로 쓰인 작품이라 우리 같은 일반인은 이해하기 쉽지 않아 장아이링이 특별히 전문을 표준어로 '번역'했다. 그녀는 뒤에 역자 후기를 달아 그 소설에 관해 놀라운 견해를 제시하기도 했다. 『해상화열전』은 오랫동안 삼류 화류계 소설로 취급되어 왔다. 하지만 장아이링은 소설 속에서 유곽을 드나드는 남자들이 여자의 몸을 사기 위해서가 아니라 반대로 사랑 또는 사랑의 허상을 사기 위해 유곽에 간 것이라고 알려 주었다. 왜냐하면 중국 전통사회에서는 그곳 외에 남녀가 사랑할 수 있는 곳이 없었기 때문이다. 결혼 생활에는 그런 게 아예 없고 아내인 여자들도 그런 것을 전혀 몰랐다. 그래서 남자들은 할 수 없이 돈을 내고 유곽에서 여자와 사랑 놀이

---

* 張愛玲(1920~1995). 1940년대 중국 문단을 대표하는 여성 작가로 『경성지련』(傾城之戀), 『색, 계』(色, 戒) 등 애정소설을 주로 썼다.(옮긴이)
** 청나라 말기인 1892~1894년에 간행된 전 64회의 장편소설로 당시 상하이 홍등가의 기녀를 제재로 삼았다.

를 즐겼다.

어떤 시각으로 보면 『해상화열전』도 중국 유곽의 또 다른 면모를 그려 냈다고 할 수 있다. 동시에 중국 사회의 또 다른 면모로 그 사회에 살던 이들과 우리가 과거에 소홀히 했던 어떤 고독을 보여 주었다. 그 사회에도 그 나름의 고독이 존재했지만 불행히도 마르케스처럼 고독의 면모를 그려 내겠다고 뜻을 세운 작가가 없었다. 그래서 우리는 장 아이링의 번역과 해설에 의지해 『해상화열전』에서 약간의 흔적을 엿볼 수 있을 뿐이다.

마르케스는 자신의 소설이 처리해야 할 중대한 문제를 똑똑히 인식했다. 바로 그런 고독이 도대체 무엇이고 어떻게 생겼느냐는 것이다. 바꿔 말하면 라틴아메리카의 역사에서 무엇이 발생하고 점점 더 심화되어 모든 사람이 그런 고독의 방식으로 존재할 수밖에 없게 되었느냐는 것이다.

이런 소설은 정말 너무나 쓰기 어렵다. 일반적 형식으로는 쓸 수 없고 반드시 각 캐릭터의 고독감에 호응하고 심지어 그 고독감을 강화하는 형식을 찾아야만 한다. 그가 여러 해 동안 계속 노력해 완성한 『백년의 고독』은 관계가 방대하고 복잡한 대가족을 다루며 수십 명의 인물이 그 안을 드나들면서 각양각색의 기괴한 일을 당한다. 그런데 그렇게 많은 인물 중에 정말로 외롭지 않은 사람이 한 명도 없고, 다른 누구와 가깝고 안전한 관계를 맺을 수 있는 사람도 전혀 없다. 그리고 소설 기법상 더 놀라운 성취는 다양한 인물의 그 모든 고독이 어떻게 생겨나고 어떻게 그들의 삶을 점령하고 침탈했는지 설명과 유래가 빠짐없이 다 나올 뿐만 아니라 한 명 한 명을 전부 고독하게 만들기 위해 억지로 설계한 플롯이 하나도 없다는 것이다. 그래서 독자는 책을 읽을 때 그 보편적이고 역병처럼 전염되는 고독을 의식하기보다 어떤 압력이 지속적으로 가슴속에 쌓여 가는 것을 느낀다.

그들의 삶은 뭔가가 모자라지 않으면 뭔가가 많다. 하지만 도대체 무엇이 모자라거나 많은지는 읽는 중에나 읽은 후에 책장을 덮고 진지하게 생각해 봐야만 한다.

독재자의 고독

마르케스의 문학적 내력에는 그가 『백년의 고독』을 쓰던 기나긴 과정에서 겪은 시대적 변고도 포함된다.

그는 1950년대 후반 라틴아메리카의 독재자들이 연이어 실각한 현상을 직접 목도하고 심지어 몸소 겪기도 했다. 1955년 아르헨티나의 독재자 페론(영화『에비타』의 주인공인 에바의 남편)이 실각해 황급히 도망쳤다. 1956년에는 페루의 독재자가 물러났다. 1957년에는 마르케스의 고국인 콜롬비아의 독재자가 물러났고, 1958년에는 이웃 나라 베네수엘라(마르케스는 이 나라의 수도에서 1년간 거주한 적이 있었다)의 독재자가 축출되었다. 그리고 1959년에는 보고타 사태의 또 다른 주역 카스트로가 쿠바에서 혁명을 일으켜 독재자를 쫓아내고 정권을 손에 넣었다.『백년의 고독』을 준비하고 있을 때 라틴아메리카의 역사는 천지개벽의 변화를 겪는 듯했다. 독재자들이 도미노처럼 줄줄이 쓰러지면서 앞으로 '포스트 독재' 상황에서 완전히 새로운 라틴아메리카 사회가 출현할 것이라고 여겨졌다.

훗날 마르케스의 문학에 가장 큰 영향을 준 것은 독재자가 물러난 후 폭로된 내막이었다. 일단 독재자가 사라지고 나면 각양각색의 인물이 그 독재자 곁에서 보고 들은 이야기를 공개하곤 했다. 독재자는 더 이상 하늘 높은 곳에 있지 않았으며 더 이상 이미지와 권력만 있고 생활은 없는 사람이 아니었다. 그들의 '인간'으로서의 면모가 복원되었다.

물러난 독재자의 이야기가 도처에 전해졌다. 마르케스는 그 이야기를 접하고 오싹한 기분을 느꼈다. 거의 절대적인 권력을 가졌던 독재자를 언급할 때 우리 마음속에는 어떤 이미지가 떠오를까? 권력, 부, 부패, 혹형, 살인? 아니면 주지육림과 삼천 궁녀? 당연히 이런 것이 떠오르겠지만 마르케스를 오싹하게 만든 것은 전혀 다른 것이었다.

그의 마음을 뒤흔든 것은 그렇게 큰 권력을 얻고 난 후 그들이 보인 병적 반응이었다. 어떤 관점에서 보면 그들은 하나같이 심리적 정신적 병자였다. 예를 들어 콜롬비아의 독재자는 다른 사람과 마음 놓고 지내지 못하고 오직 소만 믿었다는 사실이 그의 실각 후 알려졌다. 몇 사람과 회의를 할 때면 그는 소 한 마리를 끌고 와 옆에 둬야만 안전함을 느꼈다. 그렇게 소를 사랑하는 게 버릇이 되어 언제 어디서든 곁에 소를 두었다.

아르헨티나의 독재자 페론을 예로 들면 그는 아내 에바가 가장 좋아하던 것, 즉 돈을 가장 무서워해 돈만 보면 저도 모르게 몸을 떨었다. 그가 아내에게 대단히 의존적이었던 것은 돈과 관련된 일을 처리하지 못했기 때문이다. 현금만 봐도 두렵고 혐오스러워 도망치려 했다. 에바가 뭉치째로 척척 자기 곁에서 돈을 가져가면 그는 속으로 '오직 내

아내만 나를 구해 주는구나'라고 생각했다.

실각한 다섯 명의 독재자 중 페론만 빼고 다른 네 명은 모두 어머니의 손에서 컸고 평생 아버지의 관심과 보살핌을 받지 못했다. 그래서 그들은 페론과 마찬가지로 여성에게, 특히 아내에게 의존적이었다. 이런 정보는 고독에 대한 마르케스의 사유를 한층 강화시켰다. 라틴아메리카의 국민만 역사의 농락 아래 안전감이 부족하고 지지와 동정과 단합을 못 가진 게 아니었다. 그들을 통제한 독재자도 다 고독했다. 아무리 권력이 커도 그 내적 무력함은 제거하지 못했다.

마르케스는 파리에 가서 다른 나라의 역사를 읽고 다른 사회의 작품을 접하면서 점점 더 라틴아메리카가 저주받은 곳이라는 생각이 강해졌다. 거기에서는 돈이 있어도 고독하고 권력이 있어도 고독했다. 파리는 그렇지 않았다. 파리의 부자들은 돈과 안전감을 맞바꿨으며 정객들은 권력에 의존하고 방대한 국가 관료조직에 의존해 안전감을 획득했다. 그러나 라틴아메리카 사람들은 권력을 가진 사람을 부러워할 필요가 없었다. 권력자는 숙명적인 병이 있어서 권력을 쥐고 있어도 극도로 불안했다.

죽기를 거부하는 유령

쿠바혁명이 성공하고 카스트로가 정권을 잡은 뒤 쿠바 정부는 통신사를 설립했는데, 마르케스는 그 통신사에서 2년 동안 일했다. 쿠바 통신사를 위해 각종 뉴스 자료를 수집했던 그 2년 사이에 마르케스는 라틴아메리카의 새로운 독재화를 연이어 목도했다. 혁명은 쿠바를 제외하고 그 어디에도 철저하고 결정적인 변화를 가져다주지 못했다. 다른 곳에서는 독재자가 축출되고 곧바로 새로운 독재자가 뒤를 이었다. 독재자는 마치 유령처럼 죽기를 거부하고 끊임없이 되돌아왔다. 가장 두드러진 '유령의 경험'은 아르헨티나에서 출현했다. 페론이 실각하고 몇 년 뒤 아르헨티나에 또다시 독재자가 등장했는데, 그는 바로 똑같은 그 페론이었다.

쿠바만 공산정권을 수립했지만 그로 인해 위태로워지기도 했다. 미국의 눈엣가시가 된 탓이었다. 마르케스가 나중에 쿠바 통신사를 떠난 것도 미국이 쿠바의 망명 인사들을 앞세워 쿠바 공산정권 붕괴를 시도한 '피그스만 침공' 때문이었다. 쿠바는 미국과 소련의 대립 속에서 그만 바둑판의 돌로 전락해 자율성을 잃고 말았다. 이처럼 라틴아메리카는 새로운 역사 단계로 넘어가지 못하고 옛 역사의 한가운데에서 쉼표만 하나 찍고 다시 제자리로 돌아가는 것처럼 보였다.

마르케스는 그 숙명적인 저주를 탐색하려 했다. 설령 유래를 못 찾더라도 어쨌든 그 숙명적인 저주의 현상을 묘사라도 하려 했다. 그런데 어떻게 탐색하고 어떻게 묘사하려 했을까?

희망 없는 반항

마르케스는 또 다른 문학 전통에서 이 문제를 해결할 수 있게 도와줄 자원을 찾아냈고, 이를 통해 우리는 마르케스 문학의 두 번째 주제인 운명으로 접어든다. 마르케스의 한 친구가 그의 초기 소설을 보고 그에게 그리스 비극을 읽어 보라고, 특히 소포클레스의 『안티고네』부터 읽어 보라고 권했다.

그리스 비극은 왜 '비극'이라고 할까? 오늘날 우리는 비참한 일만 보면 비극이라 부르며 비극이라는 말로 형용하곤 한다. 하지만 고대 그리스의 본래 개념으로 돌아가 보면 비극의 의미는 그렇게 광범위하지 않았다. 비극은 인간이 운명의 장난에 직면했을 때를 콕 집어 가리켰다. 그리스 비극의 배경은 미약한 인간과 멋대로 인간의 일에 개입해 좌지우지하는 올림포스산의 신들 그리고 훨씬 더 강한 제우스조차 바꾸지 못하는 운명이다. 신의 힘과 운명의 지배는 어떠한 합리적 근거도 없다. 그런데 왜 비극이 존재할까? 운명을 바꿀 수 없다는 것을 알면서도 운명에 순종하지 않고 희망 없는 반항을 전개하는 인간의 특이한 내적 성질 때문이다. 인간은 신과 운명이 너무나 강해 인간의 힘으로는 당해 낼 수 없다는 것을 똑똑히 알면서도 굳이 반항에 나선다. 바로 이것이 그리스 비극의 진정한 원인이다.

그리스 비극에서 각 배역이 무대에 섰을 때 그들의 얼굴에는 이미 '실패'가 쓰여 있다. 그들이 인간이기만 하면 오이디푸스든 아가멤논이든 아킬레우스든 안티고네든 비극의 극장에서는 실패하게 돼 있다. 결과를 이미 다 아는데 무슨 재미로 비극을 보느냐고 묻는 사람도 있을 것이다. 사실 그것이 바로 우리가 그리스 비극을 이해하기 쉽지 않은 핵심 지점이다.

그리스 비극이 우리에게 보여 주려는 것은 과정상의 미스터리나 결과의 반전이 아니라 끝내 실패할 수밖에 없는 인간이 실패를 못 받아들이고 실패할 때까지 벌이는 몸부림이다. 그리스 비극의 중요한 포인트는 인간이 신과 운명에 반항할 때 내리는 결정과 뒤따르는 사건이 곧 인간이 무엇인지를 정의한다는 것이다. 누구나 운명의 장난에 희롱당하기 마련이지만, 그리스 비극의 각 인물은 운명에 굴복하지 않고 다양한 방식으로 불굴의 정신을 표현한다.

예를 들어 아가멤논은 여러 비극에 연루되었다. 그중 하나는 트로이 왕자 파리스에게 아내를 빼앗긴 자기 동생 메넬라오스의 복수를 위해 그리스의 대군을 이끌고 트로이 원정에 나선 것이다. 그가 출발하기 전에 신들은 이미 그가 빨리 그리스로 돌아오지는 못할 거라고, 전쟁이 길어져 대부분의 전사를 잃을 거라고 결론지었다. 그런데 이를 알고도 아가멤논은 원정을 감행했으며 꼬박 10년이 지나서야 겨우 승리를 거두고 돌아왔다. 돌아온 뒤 그는 또 아내와 그녀의 정부에게 살해당할 운명이었다.

아이스킬로스가 쓴 비극 『아가멤논』을 보기 전에 관객은 이미 결말을 다 알고 있다. 따라서 관람 포인트는 아가멤논이 죽을지 안 죽을지가 아니며, 자신을 해치려는 음모를 알아채고 도망칠 수 있을지 없을지도 아니다. 바로 운명에 반항하는 과정에서 그가 존엄한 결정을 내릴지 속된 결정을 내릴지에 포인트가 있다. 물론 존엄한 결정을 내리든 속된 결정을 내리든 운명을 바꿀 수는 없다. 하지만 그것이 아가멤논이 존엄한 사람인지 아니면 속된 사람인지를 보여 준다.

　가장 유명한 비극은 역시 『오이디푸스왕』이다. 가엾은 오이디푸스에 관하여 운명은 그가 아버지를 죽이고 어머니를 아내로 삼을 것이라고 예언한다. 그가 태어난 후로 주변 사람들은 어떻게든 그 예언이 실현되지 못하게 막으려 한다. 바꿔 말해 모든 이가 그런 운명에서 벗어나려고 안간힘을 쓴다. 하지만 그들이 시도한 일, 운명에서 벗어나기 위한 결정은 모두 거꾸로 은연중에 예언이 실현되도록 부채질한다. 정말로 등골을 오싹하게 만드는 슬픈 이야기다!

라틴아메리카의 운명

그리스 비극을 접하고 자극을 받은 마르케스는 라틴아메리카의 독특함을 인식했다. 라틴아메리카는 프랑스, 미국, 아니면 그가 또 가 본 이탈리아와 어떤 차이가 있었을까? 마르케스는 한 명의 라틴아메리카 작가로서 우선 용기 있게 이와 같은 사실을 인정해야만 했다. 즉 다른 나라의 역사는 개방적이라는 것, 다시 말해 다른 나라 작가는 앞으로 일어날 일을 쓸 때 지금의 현실을 바탕으로 미래에 일어날지도 모르는 일을 쓴다는 것이었다. 다른 나라 소설가는 자기 소설의 결말을 선택할 수 있는 가장 기본적인 자유를 갖고 있었다. 하지만 라틴아메리카 소설가는 그런 기본적인 자유가 없었다. 마르케스는 『백년의 고독』으로 일찌감치 운명이 정해져 버린 라틴아메리카를, 비극적인 라틴아메리카를 그려 내려 했다. 라틴아메리카 소설가는 다른 결말을 선택할 권리가 없으니 소설에 "이 독재자가 가고 나면 또 다른 독재자는 없을 것이다"라고 쓸 수 없었다. 그 땅에서는 독재자의 자리를 또 다른 독재자가 이어받는 것으로만 운명이 정해져 있었다.

나중에 그가 발표한 『족장의 가을』El otoño del patriarca과 『미로 속의 장군』El general en su laberinto에는 모두 그리스 비극의 정신이 깃들어 있다. 그는 그리스 비극, 특히 소포클레스의 『오이디푸스왕』을 통해 라틴아메리카가 바로 그렇다는 것을 깨달았다. 소설가로서 만약 소설을 쓰는 전제가 라틴아메리카의 다른 결말을 상상하고 꾸며 내는 것이라면 그런 글쓰기는 무책임한 것이었다. 심지어 더 강조해서 말하면 라틴아메리카의 소설가라면 결코 해서는 안 되는 일이었다.

라틴아메리카의 운명은 오직 그것밖에 없었다. 이 점과 관련해 마르케스는 적어도 『족장의 가을』과 『미로 속의 장군』을 쓸 때는 숙명주의자였다. 하지만 그리스 비극에서 유래한 숙명주의는 결코 단순히 숙명을 받아들이는 것이 아니라 운명으로 정해진 상황에서 인간이 어떻게 계속 노력하고, 어떻게 계속 싸우고, 또 어떻게 계속 인간의 존엄을 갖고 살아가는지 묘사하는 것이다. 자신의 숙명을 알기에 그리고 그런 숙명에서 벗어나는 게 불가능함을 알기에 아무 노력도 없이 살아가지는 않는다. 운명으로 정해진 종점을 뚫고 나아갈 수 없는 상황에서도 인간이 살아온 모든 내용은 의미가 있다. 다른 결말과 바꾸지 못한다고 해서 그 가치가 사라지는 것은 아니다.

이것이 부엔디아 대령이 상징하는 바다. 그는 성공할 리 없고 또 성공하지 못할 운명이었고 그가 한 일은 하나같이 남들이 벌써 했던 것이었지만, 그는 모르고 또다시 그 일을 했다. 그는 영원히 벗어나지 못한 채 연이어 전쟁과 혁명을 일으켰지만 또 연이어 실패를 맛봤다. 만약 미스터리소설을 읽듯 결말이 뭔지만 알고 싶어 하면 그리스 비극은 끝까지 읽지 못하며 『백년의 고독』도 이해하지 못한다.

전도된 논리 속의 부조리한 현실

고독과 운명에 이은 마르케스 문학의 세 번째 주제는 부조리, 다시 말하면 현실의 부조리다. 이것은 그가 기자였을 때의 경험 그리고 그가 기자였기 때문에 맞닥뜨린 몇 가지 일과 관련이 있다.

1954년 8월 마르케스가 보고타에서 기자로 일할 때 부조리한 일이 생겼다. 독재자가 갑자기 콜롬비아에서 가장 변방에 있는 초코주를 폐지하겠다고 결정한 것이다. 독재자는 콜롬비아에 이미 주가 너무 많고 초코주 거주민이 전부 흑인이라 쓸모가 없다고 생각해, 초코주를 분할하여 주변 주들에 전부 편입시키라고 명령을 내렸다.

이 소식이 초코주에 전해졌을 때 그곳에서는 별로 반응하는 사람이 없었다. 가장 강하게 반응한 사람은 그곳에 파견된 신문사 기자였다. 그는 정부가 어떻게 이런 방식으로 경솔하게 한 주를 통째로 없앨 수 있는지 몹시 화가 났다. 그리고 이런 일이 생기면 상식적으로 주 안에서 데모가 일어나야 마땅하다고 생각했다. 이에 기자는 "이론적으로 일어나야 마땅한" 데모를 기사화했다. 이 뉴스는 보고타에 전해져 본사의 주목을 받았다. 그리고 이튿날 새로운 데모 뉴스가 또 전해졌는데, 이번에는 데모 군중이 더 늘어나 초코주의 주도가 완전히 아수라장이 됐다는 내용이었다. 본사는 즉시 마르케스와 사진기자 한 명을 초코주로 급파했다. 당시 신문사 내에서 마르케스의 위치는 상당히 높았으

므로 신문사가 특별히 초코주에 스타 기자를 보내 그곳의
데모 사건 취재를 인계받게 한 것이었다.

그 지역으로 가는 길은 대단히 험난했다. 마르케스와
사진기자는 꼬박 하루 반 동안 경비행기를 갈아타며 겨우
초코주의 주도에 도착했다. 그들은 오후 3시에 도착해 비
행기에서 내리자마자 비행장 사람들을 붙들고 어디서 데모
가 벌어지고 있느냐고 물었다. 그런데 낮잠을 자고 있던 그
사람들은 잠에서 깨어 그 알 수 없는 질문에 어리둥절해했
다. 누구도 데모에 관해 들어 본 적조차 없었다. 마르케스
일행은 어쩔 수 없이 스스로 찾아야 했고, 무엇보다 먼저 그
곳의 신문사 기자부터 찾아야 했다. 마침내 그를 찾았을 때
그 역시 잠을 자는 중이었다. 마르케스가 잠을 깨웠을 때
그 기자는 비로소 큰일이 벌어졌음을 깨달았다. 데모가 어
디 있단 말인가? 어디에도 데모는 없었다!

사실을 알고 나서 마르케스가 보인 반응은 이랬다.

"하루 반이나 걸려 여기에 왔는데 빈손으로 돌아갈 수
는 없습니다."

이 말을 듣고 지역 기자는 아이디어가 떠올랐다.

"저를 따라오세요. 함께 주지사를 만나러 갑시다."

그들은 정말로 주지사를 만났다. 지역 기자는 단도직

입적으로 주지사에게 물었다.

"보고타의 거물 기자가 이렇게 오셨는데 보도할 데모 뉴스도 없으면 되겠습니까? 이 주는 대체 뭘 하고 있는 겁니까?"

주지사는 잠시 고민했고 그의 말이 상당히 일리가 있다고 생각했다. 그래서 사람들을 동원해 데모를 일으키라고 지시했다. 이렇게 난데없이 군중 시위가 조직되었다. 처음에는 주지사의 지시로 시작되었지만 점점 더 많은 이들이 가담했고, 나중에는 다른 주에서도 덩달아 데모가 일어나 중앙 권력의 비대함과 거친 일 처리를 성토했다.

그 과정에서 마르케스는 네 편의 깊이 있는 장편 기사를 작성했는데 그 기사는 그의 신문기자 경력의 중요한 걸작이 되었다. 물론 마르케스의 보도와 각지의 데모만으로는 초코주를 구하기에 역부족이었다. 결국 초코주는 폐지되었다. 하지만 이 사건에는 앞에서 언급한 숙명론이 반영되어 있다. 포인트는 초코주를 구했는지 못 구했는지가 아니라 초코주가 그 사건을 어떻게 대했느냐에 있다. 데모를하는 것과 하지 않는 것은 어쨌든 전혀 다르기 때문이다.

이 밖에도 그 사건은 마르케스가 더 분명하게 현실의 부조리를 깨닫는 계기가 되었다. 신문기자가 데모를 조장한 것은 사실 논리적으로 전도된 일이었다. 그런데 그런 전도된 논리 속에 바로 콜롬비아의 현실이 존재했다.

해난 사고의 진실

마르케스의 신문기자 경력 중 또 하나의 대표적인 걸작이 있다. 그것은 1955년 2월에 일어난 어떤 사건과 관련이 있다. 콜롬비아의 군함 한 척이 카리브해에서 폭풍우를 만나 선원 여덟 명이 요동치는 배에서 바다로 떨어졌는데 그중 한 명이 구명보트를 붙잡은 채 열흘간 해상을 표류하다 다행히 구조되었다. 이 일은 당연히 언론의 주목을 받았고 구출된 선원은 화제의 인물이 되었지만 그 열기는 금세 사그라졌다.

그런데 남들이 다 그 선원을 잊어가고 있을 때 마르케스가 신문사에 그 사건을 심층취재하겠다고 제안을 올렸다. 이에 대한 사측의 첫 반응은 "그 사건은 이미 뉴스 가치가 없지 않나?"였다. 확실히 사측의 견해가 옳았다. 사실 마르케스는 뉴스 보도를 위해 그런 제안을 올린 게 아니었다. 헤밍웨이의 『노인과 바다』를 막 읽고 나서 산티아고 노인이 바다에서 청새치와 사투를 벌이는 장면이 머릿속을 점령하는 바람에 바다의 생생한 경험을 좀 더 가까이 접하고 싶어졌기 때문이었다.

신문사는 탐탁지 않았지만 '초코주 사건' 이후 기자로서 마르케스의 명성이 더 높아진 탓에 어쩔 수 없이 양보하고 취재를 허락했다. 하지만 역시 그 보도에 그리 큰 기대를 걸지는 않았다. 마르케스는 취재를 떠났고 그 선원을 만나 열심히 인터뷰를 했다. 그는 얼마나 열심히 인터뷰를 했을까? 평균 4시간씩 무려 열네 번이나 인터뷰를 했다. 요행히 살아남은 그 선원은 보통 기자를 대할 때 미리 준비해 둔 레퍼토리가 있어서 그것으로 대충 해상 조난 과정을 묘사해 주기만 하면 그만이었다. 하지만 막 『노인과 바다』를 독파한 마르케스는 그렇게 호락호락하게 넘어가 주지 않았다. 그는 느닷없이 핵심적인 문제를 캐묻곤 했다. "그런데 그 과정에서 마실 물은 있었나요?" "그러면 소변은 봤나요?" "이 일과 저 일 사이에 시간적 간격이 얼마나 되죠? 중간에 다른 일은 없었나요?" 등등.

50여 시간의 마라톤 인터뷰를 통해 마르케스는 선원이 바다에 떨어진 뒤부터 구조되기까지 전 과정을 사실대로 복원할 수 있었다. 그러고 나서 그는 기나긴 기사 작성에 돌입했다. 첫째 날에는 다 쓰지도, 다 게재하지도 못했고 둘째 날에는 계속 쓰면서 게재했다. 그렇게 셋째 날, 넷째 날, 다섯째 날, 여섯째 날이 되었을 때 사장이 불쑥 그의 책상 앞에 서서 지나가듯이 물었다.

"자네 해상 조난 기사가 아직 더 남았나?"

그는 난처해하며 답했다.

"정말 써야 할 내용이 많습니다."

사장이 또 물었다.

"그러면 며칠 더 써야 할 것 같나?"

마르케스는 용기를 내어 실토했다.

"2주는 더 써야 합니다."

이에 사장은 말했다.

"50일 연속으로 쓰기를 진심으로 바라네."

알고 보니 해상 조난 기사를 연재한 그 6일 동안 신문 판매량이 연일 늘어났던 것이다. 많은 이들이 바다에서 무슨 일이 있었는지 몹시 궁금해했다. 그런데 그 사건의 진정한 중요성은 단지 신문 판매에 크게 보탬이 되었다는 데에만 있지 않았다. 그는 50여 시간의 인터뷰를 마무리 지으면서 해상 조난의 경과를 대체로 다 파악하긴 했지만 우수한 기자이자 민감한 소설가로서 한 가지 일만은 영 석연치가 않아 결국 살아남은 선원에게 물었다.

"대체 어떻게 바다에 빠지게 된 거죠? 다시 한번 얘기해 줄 수 있습니까?"

선원은 펄쩍 뛰며 말했다.

"처음에 다 말씀드렸잖아요!"

마르케스는 간곡하게 부탁했다.

"딱 한 번만 다시 얘기해 주세요."

그 결정적인 순간에 선원은 한숨을 푹 쉬고서 진실을 털어놓았다.

"사실 폭풍우는 없었어요. 폭풍우 때문에 여덟 명이 바다에 빠진 게 아니에요. 군함에 밀수품을 너무 많이 실었기 때문이었어요. 게다가 잘 묶어 두지도 않아 갑자기 와르르 미끄러져 내렸어요. 그 바람에 갑판에 서 있던 여덟 명이 부딪혀 한꺼번에 바닷속에 빠진 거예요."

그것은 헤밍웨이조차 쓸 수 없는, 어떤 소설가도 상상할 수 없는 부조리한 일이었다. 장편 연재 기사가 마지막에 이르렀을 즈음에는 수많은 독자가 매료되어 쫓아 읽고 있었다. 마르케스가 그 부조리한 진상을 폭로하자 당연히 엄청난 파문이 일어났다. 그것은 콜롬비아 해군뿐 아니라 독재자에게도 치욕을 안겼다. 독재자는 기분이 좋을 리 없었다.

독재자는 그 신문사를 눈엣가시처럼 여기기 시작했

다. 그래서 이듬해인 1956년 신문사는 독재자에 의해 폐간 처분을 당했다. 다행히 마르케스는 당시 파리 특파원이었기 때문에 직접적으로 위협을 당하지는 않았다. 하지만 즉각 수입이 끊기고 말았다. 그는 방세조차 내지 못했을 뿐만 아니라 각광받던 기자직을 잃고 말았다.

헤밍웨이의 하드보일드 스타일

기자로 일한 경험을 통해, 기자의 눈으로 관찰한 세상을 통해 마르케스는 사회적 현실이 소설가의 상상력을 뛰어넘을 만큼 부조리하다는 것을 인식했다. 초코주가 폐지된 것이 그랬고 해난 사고의 피해자들이 바다에 빠진 것도 그랬다. 이 밖에도 기자의 길을 걸으면서 그는 자신에게 스승으로서 많은 것을 가르쳐 줄 수 있는 또 한 명의 작가 헤밍웨이를 알게 되었다.

마르케스에게 끼친 헤밍웨이의 영향을 『백년의 고독』에서 확인하기는 쉽지 않다. 하지만 『아무도 대령에게 편지하지 않다』를 읽어 보면 매우 확연하다. 단순하고 내향적이며 차분한 서술, 배후에 가득한 삶의 기억과 고통스러운 긴장이 헤밍웨이를 연상시킨다. 그런데 헤밍웨이의 영향은 『아무도 대령에게 편지하지 않다』에만 국한되지 않는다. 마르케스는 헤밍웨이에게서 마술적 리얼리즘의 어떤 핵심 기법을 배웠다. 그것은 바로 형용사를 적게 쓰고 허사를 피하면서 최대한 실질적인 동사와 명사만 쓰는 것이었다. 이런 하드보일드 스타일은 독자에게 현실감과 사실감을 가져다준다.

예로부터 많은 사람이 현실에 존재하지 않는 기이한 판타지에 관해 글을 써 왔다. 하지만 우리는 그런 판타지문학을 '마술적 리얼리즘'이라고 부르지 않는다. 『반지의 제왕』도 마술적이고 『해리 포터』도 그렇지만 이 작품들은 마술적 리얼리즘이 아니다. 한편 『백년의 고독』에서 마르케스는 니카노르 레이나 신부가 뜨거운 초콜릿 한 컵을 마시고 땅 위로 떠오르는 장면을 묘사했는데, 이것도 역시 마술적이지 않은가? 그런데 어디에 '리얼리즘'이 있다는 것일까?

마르케스의 리얼리즘은 상당 부분 독자가 읽을 때 받는 느낌에서 비롯된다. 혹은 그의 글과 서술 방식이 독자의 마음속에 일으키는 효과에서 기인한다고 설명해야 할 것이다. 마르케스를 읽는 것과 『반지의 제왕』『해리 포터』『어스시의 마법사』를 읽는 것의 가장 큰 차이점은, 판타지소설은 특유의 스타일로 독자를 그들의 생활환경에서 멀리

떨어뜨리는 데 반하여 마르케스는 헤밍웨이에게서 배운 간결한 어구로 마술적 내용을 독자의 평소 의식 상태 속에 가져온다는 데 있다. 여기에서 '간결함'은 문장이 짧다는 게 아니라 독자가 읽는 과정에서 멈추고 작품과 현실 간의 거리를 느끼게 만드는 허사를 제거했음을 의미한다.

이런 소설을 읽을 때 기본적인 느낌은 금방이라도 숨이 막힐 것 같다는 것이다. 현상과 사건이 숨 돌릴 틈 없이 계속 일어나고 또 일어나서 도대체 뭐가 진실인지 거짓인지 따지고 말고 할 여유가 없다. 그는 우리에게 그런 거리와 공간을 주지 않는다. 이와 같은 헤밍웨이식 리듬에 의식이 마비된 상태에서는 다음에 어떤 사람이 나타나고 어떤 일이 벌어질지 도저히 상상할 수 없다. "머리 위로 노랑나비가 날아다니는 그 사람은 이어서 커다란 바퀴벌레가 등에서 나오지 않을까?"라는 식으로 상상하지 못한다는 것이다. 바로 이것이 마르케스가 헤밍웨이에게서 배워 사실적인 느낌을 창조한 비결이다.

『백년의 고독』을 읽고 혹시 궁금한 마음에 포크너와 소포클레스를 읽어 본다면 그리고 헤밍웨이의 초기 단편집 『우리들의 시대에』나 후기 작품인 『노인과 바다』까지 읽는다면 우리는 더 똑똑히 마르케스의 천재적인 재능을 확인할 수 있을 것이다. 그는 서로 다른 요소를 하나로 녹여 자신만의 독특한 스타일을 지닌 걸작을 창조해 냈다.

그는 오랜 시간을 준비해 소설 창작을 위한 조건이 다 갖춰지자 칩거에 들어갔다. 14개월에 걸친 칩거 기간 동안 그는 단 한 푼의 수입도 없어서 얼마 안 남은 저금을 다 바닥내야 했다. 그리고 소설이 완성되어 원고를 부에노스아이레스로 부칠 때는 집에서 돈이 될 만한 물건 세 가지, 즉 선풍기와 과즙기와 전기 히터를 전당포에 맡겨 겨우 우편료를 마련했다. 하지만 이 책은 출판되자마자 베스트셀러가 되어 전 세계를 뒤흔들었다.

함부로 해설을 믿으면 안 된다

고전을 출판할 때는 보통 뒤에 '해설'을 붙이곤 하는데 그런 해설은 내 해설을 포함해 모두 유보적인 태도로 대해야 한다. 성급히 그대로 다 받아들이면 안 된다. 해설은 결코 본문을 대신하지 못하므로 항상 스스로 본문을 읽고 스스로 책에 대한 관점과 견해를 마련해야 한다. 해설은 그저 도움을 줄 뿐이며 때로 그 도움은 틀리기도 하는데, 그럴 때면 우리는 "어떻게 이렇게 읽을 수 있지? 책에는 이렇게 쓰여 있지 않은데!"라고 반응하곤 한다. 그래서 무심코 지나치기 쉬운 중요한 디테일에 주의를 기울여야 한다.

『백년의 고독』의 어느 중역본에 달린 해설을 보면 "두 번째 세대 안에서 아우렐리아노 부엔디아 대령이라는 인물은 가문 전체의 빛이자 인간 세상 속 용사의 초상이다. (……) 그는 호세 아르카디오 부엔디아와 우르술라 이구아란의 둘째 아들로 혁명에 참여했다. (……) 그는 그 가문의 태양이었다"라는 내용이 있다. 우리는 함부로 이런 견해를 믿으면 안 된다. 왜냐하면 마르케스는 책 속에서 분명히 부엔디아 대령의 부정적인 면을 매우 훌륭하게 그려 냈기 때문이다.

소설 속에서 마르케스는 부엔디아 대령과 호세 라켈 몬카다 장군을 나란히 놓는다. 몬카다 장군이 부엔디아보다 더 존경스럽고 고귀한 캐릭터다. 두 사람은 오랫동안 적으로 대치하며 교전을 벌였지만 그러면서도 휴전기에는 함께 이야기를 나누고 체스를 두었다. 하지만 참혹한 전쟁이 두 사람 사이에 끼어들어 각자 또 다른 시험을 치르도록 강요한다. 만약 해설의 견해대로 부엔디아 대령이 '빛'이며 '태양'이라고 인정하면 마르케스가 일부러 부엔디아 대령과 몬카다 장군을 대조시킨 의도를 모르고 넘어갈 수 있다.

몬카다 장군은 일찍이 정부군을 이끌고 마콘도를 점령해 다스렸지만, 나중에 부엔디아 대령이 혁명군과 함께 마콘도를 수복했다. 혁명군은 포로로 잡은 정부군 장교를 모두 총살하기로 결정했으며, 마지막으로 몬카다 장군의 재판만 남겨 두었다. 이때 우르술라가 끼어들어 아들인 부엔디아 대령에게 말했다. "그는 마콘도에서 우리가 겪은 통치자 가운데 가장 훌륭한 사람이다. 그 사람에 대해서는 네가 그 누구보다도 잘 알기 때문에, 난 그의 훌륭한 마음과 그가 우리에게 지니고 있는 애정에 대해서는 할 말이 전혀 없다."

몬카다 장군이 얼마나 마콘도를 잘 통치했는지는 확실히 부엔디아 대령도 우르술라만큼이나 잘 알았다. 하지만 대령은 우르술라에게 "재판권은 제 맘대로 할 수가 없어요. 하시고 싶은 말씀이 있으면 군법회의에서 하세요"라고 대꾸했다. 이에 우르술라는 증언단을 조직해 군법회의에서 증언을 한다. 그들은 모두 맨 처음 마콘도를 설립한 늙은 여인들이었다. "그 가운데 몇은 산맥을 넘는 그 무시무시한 행렬에 참여해 마콘도로 왔던 여인들이었다. 가장 늦게 증언한 사람은 우르술라였다. 우르술라의 비감이 서린 위엄과 이름이 풍기는 무게와 설득력 있는 열변은 잠시 동안 재판의 공정성을 뒤흔들었다."

이어서 우르술라는 매우 중요한 말을 한다.

"여러분은 여러분의 임무를 수행하고 있기 때문에 이 무시무시한 놀이에 정말 진지한 자세로 임해 왔으며, 잘 진행시켰습니다. 하지만 하느님께서 우리의 목숨을 지탱시켜주시는 한 우리는 여러분의 어머니이므로, 여러분이 제아무리 혁명적으로 행동한다 해도, 부모에 대한 존경심이 조금이라도 부족하다면, 우린 여러분의 바지를 벗겨 매질을 할 권리가 있다는 것을 잊지 말기 바랍니다."(『백년의 고독』1권, 249~250쪽)

우르술라의 증언은 부엔디아 대령을 비롯한 혁명군 장교 모두를 볼기를 맞아야 할 어린애로 만들어 버렸다.

그러나 몬카다 장군은 역시 사형선고를 면치 못했다. 군법회의의 사형선고보다 더 고약했던 것은 부엔디아 대령이 그를 감형해 주지 않은 것이었고, 그보다 더 고약했던 것은 부엔디아 대령이 감옥에 가서 그에게 이런 말을 한 것이었다.

"이건 알아두게, 친구. 자네를 총살시키는 건 내가 아니네. 혁명이 자넬 총살시키는 걸세. (……) 모든 군법회의는 본디 우스꽝스러운 연극인 바, 이번에 우린 어떤 대가를 치르더라도 전쟁에 이길 것이기 때문에 사실 자네가 남의 죗값을 대신 치러야 한다는 것쯤은 자네가 나보다 더 잘 알고 있을 거야. 자네가 내 입장이었다면, 자네도 나처럼 하지 않았겠는가?"(『백년의 고독』 1권, 250~251쪽)

이에 몬카다 장군은 "그랬을 테지. 하지만 결국 우리 같은 사람들에게 총살형은 자연사나 마찬가지이므로 내가 걱정하는 건 자네가 날 쏘아 죽인다는 문제가 아닐세"라고 답했다.

여기에는 부엔디아 대령의 부정적인 면뿐만 아니라 전쟁이 어떻게 인간의 부정적인 면을 만들어 내는지도 나타나 있다. 전쟁은 한 사람을 바꾸고 그가 습관적으로 전쟁과 혁명을 핑계로 삼아 귀중한 우정을 비롯한 다른 가치들을 부정하게 만들었다.

몬카다 장군과 부엔디아 대령의 관계는 본래 전쟁을 초월한 우정의 실례였다. 두 사람은 각기 보수파와 자유파에 속했고 이 두 진영은 오랫동안 적으로 싸웠지만 그들은 우정을 유지할 수 있었다. 그런데 여러 해 동안 자취를 감췄다 다시 마콘도에 돌아왔을 때 부엔디아 대령은 타락해 있었다. 소설 내용은 너무나 분명하게 그것을 보여 준다.

전쟁을 초월한 우정이 사라지고 그것을 대신한 것은 무엇이었을까? 혁명을 빙자한 핑계와 거짓말이었다. 심지어 눈 하나 깜짝하지 않고 혁명을 이유로 오랜 친구를 총살했다. 이것을 드러내는 것이 마르케스의 의도였다.

무의미한 전쟁

똑같은 의도에서 몬카다 장군이 총살된 이후의 이야기가 다음 장에 계속 이어진다. 첫 문장 "헤리넬도 마르케스 대령은 전쟁의 허망함을 최초로 인식한 사람이었다"는 전쟁의 의미가 과연 무엇인지 묻고 있다. 이 장을 계속 읽다 보면 우리는 부엔디아 대령이 친구 몬카다 장군을 총살한 이야기가 반복될 뻔했다는 것을 깨닫는다. 이 장은 실로 작가의 신들린 듯한 필력이 발휘되는 부분으로 작가의 통찰과 예민한 관찰이 돋보인다.

마콘도의 민관 총책임자 마르케스 대령은 멀리 있는 부엔디아 대령과 일주일에 두 번씩 전신을 통해 대화를 해 왔다. 어느 날 부엔디아와 일상적인 이야기를 나누다 대화를 마치기 전에 그는 인적이 드문 거리와 편도나무 잎에 맺힌 수정 모양의 물방울을 보며 자기가 고독에 빠진 것을 깨달았다. 그래서 전신기 키를 두드렸다.

"아우렐리아노. 마콘도에는 지금 비가 내리고 있다."

전신기에는 오랫동안 침묵이 흘렀다. 그러다 갑자기 전신기 키가 부엔디아 대령이 보낸 비정한 기호들을 찍어 내기 시작했다.

"얼간이 같은 소리 마라, 헤리넬도. 팔월에 비가 내리는 건 당연한 일이다."

이 말이 왜 비정했을까? 부엔디아 대령은 마르케스 대령의 고독을 느낄 수 없었기 때문이다. 그는 마르케스 대령이 보내온 전보를 글자 그대로의 의미로만 받아들였다. 여기에서 작가의 빼어난 필력이 드러나는 부분은 "당연한 일이다" 뒤에 붙는 마지막 한마디다. 그 전보는 부엔디아 대령이 보낸 게 분명한데도 작가는 일부러 "기호들이 말했다"라고 썼다. 그 말은 전선을 통해 계속 전해지는 부호일 따름이었다. 그 말 속에는 인간도 없고 감정도 없었다.

그러고 나서 이런 문장이 이어진다. "헤리넬도 마르케스 대령은 아우렐리아노 부엔디아 대령의 그 차가운 반응에 당혹감을 느꼈다. 그러나 두 달 후, 아우렐리아노 부엔디아 대령이 마콘도로 돌아오자, 어리둥절했던 기분은 놀라움으로 바뀌었다." 무엇 때문에 놀랐을까? 부엔디아 대령은 세 명의 정부를 데려와 같은 집에 머물게 해 놓고는 대부분의 시간을 해먹에 누워 보냈다. 한번은 마르케스 대령이 어떤 일을 요청하러 갔는데, 대뜸 "그런 사소한 일로 날 귀찮게 하지 말게. 그 문젠 하느님과 상의해 보라고"라며 묵살했다.

총살당한 친구 몬카다 장군이 죽기 전에 부엔디아 대령에게 자기 유품을 아내에게 전달해 달라는 부탁을 했다. 그래서 대령이 찾아가자 남편을 잃은 과부는 말했다. "들어오지 마세요, 대령. 당신은 당신이 일으킨 전쟁에서는 명령할 수 있겠지만, 이 집에서는 내가 명령해요." 이 다부진 한 마디는 왠지 익숙하게 들린다. 마치 부엔디아 대령의 어머니 우르술라가 한 말인 듯하다. 그러면 부엔디아 대령은 어떻게 반응했을까?

부엔디아 대령은 분노한 기색을 조금도 보이지 않았지만, 개인 경호원들이 미망인의 집을 강탈하고 잿더미로 만들었을 때에야 분한 마음이 수그러들었다.(『백년의 고독』 1권, 259쪽)

이것은 타락이었고, 더구나 갈수록 심해졌다. 이어서 몇 가지 에피소드가 더 나오는데, 어떤 장군이 강력한 라이 벌로 등장하자 부엔디아 대령은 "저 친구는 주의해야 할 맹수야. 우리에겐 국방 장관보다도 더 위험한 인물이지"라고 부하들에게 주의를 환기시켰다. 그러자 곁에 있던 젊은 대위가 조심스럽게 말했다. "그건 아주 간단합니다, 대령님. 그자를 해치워 버리면 되지요." 이 일이 있은 지 보름 뒤, 그 장군은 불의의 습격을 받아 살해되었다. 부엔디아 대령은 그렇게 거대한 권력을 가질 정도로 이미 타락했고, 심지어 그런 자신의 권력을 두려워하기에 이르렀다. 이 때문에 그는 여름날에도 뼛속까지 파고드는 오한에 몇 달 동안 잠을 이루지 못했다.

부엔디아 대령의 타락

부엔디아 대령의 타락은 그가 마르케스 대령을 총살하려 한 사건에서 정점에 이른다. 마르케스는 언제나 자기 곁을 지켜 온 친구이자 가장 친한 동지였는데도 부엔디아 대령은 그가 자기 뜻을 거스르자 망설임 없이 죽이려 했다.

마르케스 대령은 자유당의 사절단이 제시한 잘못된 조약에 서명하려는 부엔디아 대령에게 "실례하오, 대령. 하지만 이건 배신행위요"라고 부드럽게 말했을 뿐이었다. 그러자 부엔디아 대령은 즉각 "당신 무기를 내놓으시오. 당신은 혁명재판소의 조치에 따라야 할 거요"라고 명령했다. 그는 또 혁명을 핑계로 삼았다. 이것이 가장 부정적인 순간이었다.

이틀 후 마르케스 대령은 대역죄로 피소되어 사형을 선고받았다. 관대한 처분을 요구하는 청원이 쏟아졌지만 부엔디아 대령은 해먹에 누운 채 들은 척도 하지 않았으며 누구도 자기를 성가시게 하지 말라고 명령을 내렸다. 하지만 그는 자기 어머니의 출현은 막을 수 없었다. 짧은 3분간의 면담에서 우르술라는 "네가 헤리넬도를 총살시키려 한다는 걸 내 알고 있지만, 그걸 막기 위해서는 아무것도 할 수 없는 실정이다. 하지만 네게 한 가진 알려 주겠다. 그건 내가 헤리넬도의 시체를 보게 되는 순간, 우리 아버지와 어머니의 뼈와 호세 아르카디오 부엔디아의 이름을 걸고, 또 하느님께 맹세컨대, 네가 어디에 숨어 있든지 반드시 널 찾아내 이 손으로 죽이고 말겠다"라고 말했다.

우르술라의 이 모진 결심이 부엔디아 대령의 타락을 종결지었다. 부엔디아 대령은 이번엔 어머니가 자신의 바지를 벗겨 볼기를 때리는 데 그치지 않으리라는 것을 깨달았다. 그는 마르케스를 죽이지 않았고, 태도를 바꿔 마르케스에게 자신과 함께 전쟁을 끝내자고 제안했다. 그 끝도 없는 전쟁을 자기 손으로 끝내기로 마음먹은 것이다.

부엔디아 대령은 20여 년간 32차례 전쟁을 치르며 끊임없이 정부군과 보수당에 저항했고, 그러면서 전쟁의 피비린내와 잔혹함 그리고 전쟁이 가져나준 권력에 의해 사람이 바뀌었다. 그래서 마르케스 대령은 "아우렐리아노, 자네가 백정으로 변한 꼴을 보느니 차라리 죽는 편이 더 낫겠네"라고 똑똑히 지적했다. 부엔디아 대령은 확실히 잔혹한 통치자로 변해 있었다. 비록 그는 마르케스에게 그 말을 듣자마자 "그런 꼴은 보지 않을 거야"라고 잘라 말하긴 했지만, 우리는 그 대꾸에서 어떤 아이러니를 느낀다. 왜냐하면 우리는 이미 그가 잔혹한 통치자로 변한 것을 분명히 목격했기 때문이다.

만약 잔혹한 통치자가 아니었다면 그는 우정을 저버리고 몬카다 장군을 총살하지 않았을 것이며, 자기 어머니가 군법회의에서 몬카다 장군을 변호했는데도 아무렇지 않게 외면하지도 않았을 것이다. 아울러 잔혹한 통치자가 아니었다면 독선적으로 그런 조약에 서명하지도 않았을 것이며, 겨우 반대하는 말을 한마디 했다고 마르케스 대령을 혁명재판소로 보내지도 않았을 것이다. 사실 그는 이미 잔혹한 통치자로 변한 상태였다. 하지만 죽음을 앞둔 마르케스의 비장한 심정과 어머니의 저주가 가까스로 그를 정신 차리게 만들었다.

우리는 부엔디아 대령이 잔혹한 통치자로 변한 적이 있다는 사실을 똑똑히 기억해야 한다. 그는 당연히 '가문의 빛'도 '용사의 초상'도 아니었다. 한때 권력의 부패를 못 이기고 타락할 대로 타락했기 때문이다.

나는 남이 쓴 해설을 흠잡는 것을 그리 개의치 않는다. 심지어 남이 내가 쓴 해설을 문제 삼아 내 설명과 견해가 책 내용과 정말 일치하는지 검토하는 것에도 찬성한다.

열정적인 아마란타

앞에서 언급한 해설은 마르케스 대령의 말은 단 한마디도 언급하지 않았다. 하지만 마르케스 대령은 너무나 중요한 인물이다. 잔혹한 통치자가 돼 버린 부엔디아 대령을 가장 결정적인 순간에 정신 차리게 한 것 외에도 그는 부엔디아 대령의 여동생 아마란타와 잊기 힘든 감정을 나누었다. 그 해설은 아마란타가 그전에 겪은 사연을 언급했다. 아마란타는 어릴 때 부엔디아 가문에 맡겨져 자신과 자매처럼 지내 온 레베카와 동시에 이탈리아 출신의 한 남자에게 반했다. 그 남자의 이름은 피에트로 크레스피였다. 본래 그들의 집에 자동피아노를 배달하러 오고 나중에 다시 수리를 하러 온 기술자였다.

레베카가 크레스피와 결혼하게 되자 아마란타는 격렬하게 반응한다. 대놓고 레베카에게 "그렇게 신나하지 마. 날 이 세상 끝으로 데려간다 해도 언니가 결혼하는 걸 막을 방도를 찾을 테니까. 언니를 죽이는 한이 있어도 말이야"라고 말했을 뿐만 아니라 이 말을 몇 번이나 현실화하려 시도했다. 하지만 그녀는 레베카를 죽이지 못하고 다른 사람을 죽이고 말았다.

처음 이 소설을 읽을 때 우리는 아마란타가 무서울 만큼 뜨거운 열정의 소유자라는 인상을 받는다. 그녀는 그 해설에서 말한 것과 같은 '얼음 미녀'가 아니었다. 아마란타와 레베카가 한 남자를 두고 벌인 쟁탈전은 나중에 대단히 극적인 전환을 맞이한다. 오래전 집시를 따라 마콘도를 떠났던 그 집의 장남 호세 아르카디오가 거친 바다 사나이가 되어 돌아오자 레베카가 그에게 홀딱 빠진 것이다. 그녀는 앞뒤 가리지 않고 그의 품에 뛰어들었다. 유행만 좇는 멋쟁이인 크레스피에게는 조금도 미련이 없었다. 우르술라의 반대도 호세 아르카디오를 향한 그녀의 사랑을 막을 수 없었다. 이 사랑과 비교하면 크레스피에 대한 그녀의 예전 감정은 애들 장난이나 다름없었다.

　레베카가 크레스피를 원하지 않자, 아마란타는 순조롭게 크레스피를 사귈 수 있게 되었다. 크레스피도 아마란타를 마음에 들어 해서 두 사람은 뜨거운 사랑에 빠졌다. 그렇게 되기까지 별의별 일이 다 있었지만 그 사랑은 의심의 여지가 없었다.

　사랑을 거절한 아마란타

두 사람의 사랑은 이후 어떻게 진행되었을까? 당연히 결혼해서 함께 살아야 했겠지만 아마란타는 크레스피에게 "난 죽어도 당신과 결혼하지 않을 거예요"라고 잘라 말한다. 그녀의 거절은 단호했고 어떠한 이유도 밝히지 않았다. 크레스피가 아무리 애걸해도 그녀는 허락하지 않았으며 설명도 해 주지 않았다. 크레스피는 이중의 고통을 겪었다. 거절당한 고통과 이해할 수 없는 데에서 비롯된 고통을.

　"틀림없이 당신도 나를 사랑하는데 왜 나를 거부하는 거요? 왜 내가 이토록 애걸하는데 받아 주지 않는 거요? 만약 당신이 나를 사랑하지 않는다면 이해할 수 있겠지만 나는 당신이 나를 사랑한다는 것을 알고 있소. 그런데 왜 나를 거부하는 거요?"

이런 고통 속에서 크레스피는 스스로 팔 동맥을 끊어 자살한다. 그는 마콘도가 세워진 이후 두 번째로 죽은 사람으로, 첫 번째 사망자인 유대인 집시 멜키아데스의 옆에 묻힌다. 두 사람은 모두 외부에서 온 이들이었다.

이 이야기는 어떤 각도에서 보면 우리가 마술적 리얼리즘의 또 다른 차원의 의미를 찾아내도록 도와준다. 훌륭한 마술적 리얼리즘 소설은 표면적이고 이성적인 관점으로는 아무리 봐도 불합리하고 이해가 안 가는 일을 그려 내지만, 우리는 그것을 보고 깊은 충격을 받으며 좀처럼 그 기억에서 벗어나지 못한다. 크레스피와 결혼하지 않기로 한 아마란타의 결정은 완전히 이성에 위배되고 아무 근거도 없었다. 만약 이 소설을 안 읽어 본 사람에게 "두 사람의 사랑을 다룬 소설이 있는데, 모두가 그들의 사랑을 응원하고 방해하는 사람도 없을뿐더러 그들도 서로 죽고 못 살 정도로 좋아해. 그런데 어느 날 여자가 갑자기 남자한테 결혼하지 않겠다고 해서 나중에 남자가 자살해 버려"라고 말한다면 그 사람은 뭐라고 반응할까? 십중팔구 "그런 말도 안 되는 소설을 왜 보는 거야!"라고 할 것이다. 하지만 한 줄 한 줄 본문을 읽으며 이 이야기를 접한 사람은 그 불합리에 충격을 받고 불가피하게 '아마란타는 도대체 왜 그랬을까? 감정이 흘러가는 와중에 어떤 깨달음과 집착이 있었기에 그런 결정을 했을까?'라는 생각이 들 것이다.

마르케스는 독자가 그 일을 그냥 불합리하다 여기고 말도록 하지 않았다. 그는 뒤에서 아마란타의 또 다른 사랑을 그리는데, 거의 그녀와 크레스피 이야기의 복사판이다. 남자주인공만 마르케스 대령으로 바뀌었을 뿐이다. 마르케스 대령은 오랫동안 재봉실을 드나들며 아마란타 곁을 지켰고 두 사람은 서로 사랑을 느낀다. 그런데 마르케스 대령이 여러 차례 사랑을 고백했는데도 아마란타는 "우린 이제 서로 영원히 잊기로 해요. 이런 짓을 하기에는 이미 너무 늙어 버렸어요"라고 답한다. 그녀는 또 거절했다. 두 경험 모두에서 사랑하지 않은 게 아닌데도 남자를 거부한 것이다.

욕망을 간직하는 특수한 방식
우리는 그리 '마술적'이지 않고 비교적 '사실적인' 설명을 할 수도 있다. 생각해 보면 아마란타는 당시 나이가 적지 않았기 때문에 정말로 자기는 사랑할 때가 지났다고 생각해 마르케스 대령의 구애를 거절했다고 말이다. 하지만 이 설명은 틀렸다. 소설은 그렇게 쓰이지 않았다. 우리는 그녀가 마르케스 대령을 거부할 때 조카인 아우렐리아노 호세와 애매하고 복잡한 육체관계가 있었다는 사실을 잊으면 안 된다. 심지어 그녀는 훗날 조카인 아르카디오의 손자 호세 아르카디오까지 유혹했다! 그녀는 절대로 나이가 많고 육체적 욕망이 없어서 마르케스 대령을 거부한 게 아니었다. 이런 식의 설명은 설득력이 부족하다.

좀 더 세심히 파고들면 우리는 아마란타의 두 번에 걸친 '불합리한' 결정에서 인간의 어떤 특수한 두려움을 감지하게 된다. 우리는 어떻게 그것을 느끼는 걸까? 많든 적든 경험한 적이 있거나, 아니면 설명하기 어렵고 인정하기 어려울 수도 있는 그 두려움을 언젠가 관찰한 적이 있기 때문이다.

그것은 무슨 두려움일까? 꿈의 실현이 가져올 만족을 잃어버리는 것에 대한 두려움이다. 아마란타는 거절을 통해 두 남자에 대한 자신의 욕망 또는 욕망의 상태를 간직했다. 욕망은 일단 만족을 얻으면 더 이상 욕망이 아니게 되며, 욕망의 충동은 필연적으로 시들어 공허나 환멸로 바뀌게 마련이다. 아마란타에게 욕망을 간직하는 것은 욕망의 만족보다 훨씬 더 중요했다. 이것은 아마란타에게만 있는 성향은 아닌 듯하다. 우리를 비롯한 많은 이들이 정말로 거대한 갈망을 마주하게 되면 그 갈망이 만족되기 전의 높은 기대가 정신을 특수한 흥분 상태에 빠뜨린다. 사실 이 흥분 상태와 비교하면 갈망의 만족과 결과는 절정이라고 할 수 없으며 오히려 모든 것을 끝장내 버린다.

마술적 리얼리즘은 불합리해 보이는 이야기를 자세히 진술해도 우리에게 "이게 무슨 허튼소리야?"라는 혐오감을 주지 않는다. 반대로 충격을 주고 은밀한 내적 정서를 자극한다. 아마란타는 바로 그렇게 불합리하기 때문에 대단히 충격적인 인물이다. 그녀는 불합리하게 크레스피의 사랑을 거절하고 역시 불합리하게 마르케스 대령의 사랑도 거절했다. 그녀와 조카 아우렐리아노 호세의 관계도 불합리했지만, 더 불합리한 것은 그녀가 조카의 손자 호세 아르카디오를 유혹한 것이었다. 이 작품과 그들 가문의 계보를 잘 아는 독자라면 잠시 계산만 해도 알 것이다. 호세 아르카디오가 그녀보다 3세대나 밑인 증손자뻘이라는 사실을!

이게 대체 뭐란 말인가. 백발이 희끗희끗한 증조할머니가 3세대를 뛰어넘어 증손자와 성적 욕망을 불태우다니. 이것은 앞선 불합리한 일들과는 비교도 안 될 정도로 충격적이고 마음 깊숙한 곳을 자극한다. 우리는 이런 불합리를 어떻게 봐야 할까? 그저 마르케스의 허튼소리나 실수로 봐야 할까?

영원한 여성의 캐릭터

그런 것 같지는 않다. 적어도 그렇게 단언해 마르케스를 평가절하하는 일은 없을 것이다. 나는 소설 설계의 관점에서 이 이야기를 봐야 한다고 생각한다. 우선 아마란타와 그녀의 어머니 우르술라를 한데 놓고 비교해 보도록 하자. 두 여성은 정말로 소설 전체를 관통하는 캐릭터다. 소설이 마지막에 이르렀을 때 그들 가문은 6대손까지 이어졌고 우르술라의 나이는 백 살이 넘었다. 그러고 나서 그녀는 작아지기 시작했다. 조금씩 작아지고 또 작아져 나중에는 태아처럼 되어 식구들이 가뿐히 들어 옮길 수 있었다. 그녀는 죽지 않았고 죽을 리도 없었다. 이것도 당연히 마술적이고 불합리하다. 마르케스는 왜 우르술라를 백 살이 넘게 안 죽고 살게 했을까? 이 문제를 파고들면 아마란타와 증손자뻘의 사내아이 사이에 왜 성적 관계가 생겼는지 이해할 수 있는 실마리를 찾을 수 있다.

소설의 구조적인 이유 때문에 마르케스는 두 명의 '영원한 여성'을 등장시키기로 계획했다. 그녀들은 100년에 걸친 소설의 전 과정에서 가장 중요한 증인으로 각자 서로 다른 현상을 목격했다. 우선 우르술라는 가문의 관점에서 100년을 입증한다. 각 세대의 남자들이 그녀가 보기에 가장 어리석은 일(집을 떠나 전쟁터에 나가서 남을 죽이거나 남에게 살해당했다)을 반복해 저지르고 집으로 돌아왔다. 남자들은 다 마지막에는 반드시 집으로 돌아왔다.

우르술라의 첫째 아들 호세 아르카디오는 밖에서 죽었지만, 그가 흘린 피가 대로와 골목을 가로질러 집으로 돌아왔다. 이처럼 삶과 죽음이 다 집안에서 이루어진 까닭은 무엇일까? 우르술라가 목격하도록 하기 위해서였다. 우르술라는 '영원한 여가장'matriarch 캐릭터로 가문을 전승하는 입장에서 각 세대의 남자들을 본다.

또 한 명의 '영원한 여성'인 아마란타도 부엔디아 가문의 각 세대 남자들의 행동과 그 의미를 입증한다. 다만 그녀는 성욕sexual desire과 육체의 관점에서 그럴 뿐이다.

『백년의 고독』의 두 핵심 인물인 우르술라와 아마란타가 모두 여성인 것은 우연이 아니다. 『백년의 고독』 앞부분만 읽으면 아우렐리아노 부엔디아 대령이 주인공으로 소설이 주로 그의 삶과 이야기를 담고 있다고 생각하기 쉽다. 하지만 계속 읽다 보면 정말로 이 소설을 관통하며 온갖 변화를 겪으면서도 일관성을 유지하는 이들은 여성 캐릭터임을 알게 된다. 상대적으로 일관성을 가진 남성 캐릭터는 한 명도 찾을 수가 없다. 남자들의 이야기는 한 세대가 끝나고 다음 세대로 이어지는 식이다. 이번 세대 남자가 활력을 잃고 다음 세대 남자가 죽거나 미치면 이어서 그다음 세대 남자가 타락에 빠진다. 그렇게 한 세대 한 세대가 이어진다.

끝없이 반복되는 이름

가장 흥미롭고 명백한 증거는 부엔디아 가문의 가계도에서 찾을 수 있다. 이 가문의 1대 남성은 호세 아르카디오 부엔디아로 원명은 'José Arcadio Buendía'다. 2대 남성 중 첫째인 호세 아르카디오는 원명이 'José Arcadio'로 아버지의 첫 번째와 두 번째 이름과 완전히 일치한다. 그리고 둘째인 아우렐리아노 부엔디아 대령의 원명은 'Aureliano Buendía'다. 그나마 아버지의 이름에도, 형의 이름에도 없는 'Aureliano'가 있다. 그러면 3대 남성은 어떨까? 한 명은 아르카디오이고 다른 한 명은 아우렐리아노 호세다.

계속해서 4대 남성은 아우렐리아노 세군도Segundo와 호세 아르카디오 세군도, 5대 남성은 호세 아르카디오, 마지막 6대 남성은 아우렐리아노다.

정리해 보면 1대부터 6대까지 모든 남성이 호세, 아르카디오, 아우렐리아노, 부엔디아라는 이름을 반복해서 쓰고 있다. 마르케스는 이런 작명에 숨겨진 원리를 소설에서 명확히 제시한다. 아우렐리아노 세군도는 첫아들이 태어난 뒤 이름을 호세 아르카디오로 짓겠다고 아내 페르난다 델 카르피오에게 말한다. 그런데 이 소식을 듣고 우르술라는 막연한 불안감을 숨기지 못한다. 가문의 기나긴 역사 속에서 계속 똑같은 이름이 출현하는 것을 보고 어떤 결론을 얻었기 때문이다. "아우렐리아노라는 이름을 가진 아이는 내성적이지만 머리가 뛰어난 반면에 호세 아르카디오라는 이름을 가진 아이는 충동적이며 담이 컸으나 어떤 비극적인 운세를 지니고 있었다."(『백년의 고독』 1권, 282~283쪽)

우르술라는 세군도에 대해서는 아무 이야기도 하지 않았다. 스페인어에서 이 단어는 뜻이 명백해 따로 언급할 필요가 없었기 때문이다. 스페인어 'segundo'는 영어에서 'the second'나 'junior' 즉 '2세'라는 뜻이다. 그리고 가문의 계보에서는 따로 'repeat'와 'again'의 뜻이 덧붙어 그냥 몇 번째 세대라는 표시보다는 '다시 나타나다'라는 의미가 강하다. 각 세대가 모두 "다시 나타났고" 똑같은 남자들이 나타나고 또 나타나며 끝없이 순환했다. 이것이 바로 마르

호세 아르카디오 부엔디아
José Arcadio Buendía
×
우르술라 이구아란
Úrsula Iguarán

아우렐리아노 부엔디아 대령
Coronel Aureliano Buendía
×
레메디오스
Remedios Moscote

호세 아르카디오
José Arcadio
×
레베카
Rebeca

아마란타
Amaranta

아우렐리아노 호세
Aureliano José
(필라르 테르네라가 낳음)
&
17명의 사생아
17 Aurelianos

아르카디오
Arcadio
(필라르 테르네라가 낳음)
×
산타 소피아 데 라 피에다드
Santa Sofía de la Piedad

미녀 레메디오스
Remedios la bella

아우렐리아노 세군도
Aureliano Segundo
×
페르난다 델 카르피오
Fernanda del Carpio

호세 아르카디오 세군도
José Arcadio Segundo

메메
Renata Remedios(Meme)

호세 아르카디오
José Arcadio

아마란타 우르술라
Amaranta Úrsula
×
가스통
Gastón

아우렐리아노 바빌로니아
Aureliano Babilonia
(마우리시오 바빌로니아와의 사이에서 낳음)

아우렐리아노(돼지 꼬리)
Aureliano
(아우렐리아노 바빌로니아와의 사이에서 낳음)

* 부엔디아 가문의 가계도. 남성 캐릭터의 이름이 끝없이 반복되는 것을 알 수 있다.

케스가 부엔디아 가문 남자들의 이름을 반복적으로 출현시
킴으로써 전달하려 한 중요한 내용이다.

이중의 시간 구조

이와 극명하게 대조되는 것은 소설 속 여성들의 이름이다.
가계도로 돌아가서 이번에는 여성의 이름만 살펴보기로 하
자. 가장 나이 든 1대는 우르술라다. 2대는 레베카, 레메디
오스, 아마란타이고, 3대는 산타 소피아 데 라 피에다드이
며, 4대는 페르난다 델 카르피오와 미녀 레메디오스, 5대는
메메와 아마란타 우르술라다. 여성은 정반대로 각자 자기
이름이 있고 다른 사람과 중복되는 경우가 적다.

여성 캐릭터의 이름 중 단 하나만 눈에 띄게 중복되는
데, 5대의 아마란타 우르술라다. 그녀의 이름은 1대 우르술
라와 2대 아마란타의 이름을 합친 것으로 앞에서 언급한 것
처럼 우르술라와 아마란타는 가문의 100년에 걸친 역사를
입증하는 두 여성이다. 그래서 아마란타 우르술라는 일종
의 종결자다. '백년의 고독'과 부엔디아 가문의 역사가 그
녀에게서 끝나므로 마르케스는 그녀에게 그런 이름을 부여
한 것이다.

『백년의 고독』은 이중의 시간 구조 위에 세워졌고, 그

이중의 시간은 서로 다른 젠더에 의해 대표된다. 남자들은 왜 전부 똑같은 이름으로 불리는 걸까? 그들의 삶이 계속 똑같이 반복되기 때문이다. 그래서 아르카디오가 죽으면 또 아르카디오가 나타나고, 호세가 죽어도 또 호세가 나타나며, 아우렐리아노가 죽으면 또 아우렐리아노가 나타난다. 이렇게 끝없이 되풀이된다. 이런 삶은 어떤 의미에서는 비장함에 가까울 만큼 지루한 윤회와도 같다. 이와 상대적으로 여자들의 이름은 제각각이고 그만큼 전부 독특한 캐릭터다. 비록 세 여자가 똑같이 레메디오스라는 이름을 갖기는 했지만 그중 한 명은 '미녀'라는 별명이 덧붙고 또 한 명은 따로 '메메'(본명은 레나타 레메디오스다)라고 불려 서로 헷갈릴 일이 없다.

각 여성 캐릭터는 모두 분명하기 그지없다. 아마란타는 곧 아마란타여서 우리는 그녀가 나타나기만 하면 또 연애를 하고 사랑을 한 뒤 상대를 거부하리라는 것을 안다. 우르술라는 더더욱 누구와 헷갈리는 것이 불가능하다. 그녀는 어머니로서 나중에 할머니가 되고 영원한 여가장이 된다. 우리는 부엔디아가 도대체 나이 든 부엔디아인지 젊은 부엔디아인지 아니면 어린 부엔디아인지 헷갈리곤 한다. 하지만 우르술라를 못 알아볼 리는 없다. 그녀는 곧 그녀이며, 그녀와 아마란타는 거의 영원한 시간의 상징이다. '영원한 시간' 속에서 그녀들은 끊임없이 늙어 가지만 그들의 삶은 끝나지 않는다. 몇 번이고 되풀이해 자신의 남자가 똑같은 짓을 저지르는 것을 목격하고, 또 몇 번이고 되풀이해 자신의 남자와 똑같은 관계를 맺는다.

여성 서사 속의 여성적 시간

『백년의 고독』은 1960년대에 쓰이고 1968년에 출판되었다. 마르케스는 당연히 서양 사상과 문학 조류가 그 후로 어떻게 변화해 나갈지 몰랐을 것이다. 1970년대 이후 전개될 페미니즘 운동과 숱한 페미니즘적 사유도 예견하지 못했을 것이다. 그런데 페미니즘과 '여성 서사'Female Narrative의 조류와 세례를 거친 오늘날 되돌아보면, 놀랍게도 『백년의 고독』은 페미니즘이 대두되기도 전에 이미 훗날의 페미니즘 관념과 대화할 수 있는 내용을 담아냈다.

페미니스트 뤼스 이리가레*나 엘렌 식수**가 가장 신경 쓴 일인 동시에 그들의 가장 중요한 공헌은 바로 여성 서사의 수립이었다. 그들은 일종의 여성 서사 또는 '여성적 글쓰기'Ecriture Feminine***가 단지 여성이 쓴 글일 뿐만 아니

---

* Luce Irigaray(1930~). 벨기에 출생의 페미니스트, 철학자, 언어학자, 정신분석학자, 문화이론가다. 『다른 여성의 검시경』과 『하나가 아닌 성』으로 잘 알려져 있다.
** Hélène Cixous(1937~). 프랑스의 페미니즘 작가, 극작가로 그녀의 수필 『메두사의 웃음』은 현대 페미니즘의 중요한 작품으로 평가받는다.

라 형식적 또는 정신적으로 과거에 주류를 이룬 '남성 서사'
와 매우 다른 특질을 갖고 있다고 성공적으로 주장했다.

많은 여성이 여성 서사가 아닌 글을 썼다. 그들은 의식
적 무의식적으로 남성이 성의한 방식으로 글을 썼기에 자
신의 '여성적 특질'은 표면적으로 남성적 가치에 영합하는
텍스트에 감춰져 '서브텍스트'sub-text 방식으로 남아 있을
수밖에 없었다. 예컨대 조르주 상드****는 일부러 남장을
하고 남자 이름으로 글을 썼으며, 조지 엘리엇*****은 남
성화된 필명 뒤에 숨어 남들이 자기가 여자인 것을 모르게
했다.

페미니스트들은 계속 깊고 광범위하게 파고들면서 주
류적 글쓰기의 가치에서 젠더와 관련된 것이 도대체 얼마

*** 여성적 글쓰기는 뤼스 이리가레, 엘렌 식수 그리고 쥘리아 크
리스테바(Julia Kristeva)가 제시한 개념이다. 그들은 부권(父權) 문
화와 상징 질서는 등급과 위계를 가진 사고방식으로서 남성적 자아
를 통해 응시하는 방식으로 여성을 상징적 차이를 가진 타자로 구축
하며 동시에 이원 대립의 방식으로 여성에 대한 지배관계를 합법화
한다고 생각했다. 식수는 과거엔 여성이 사회적 맥락의 편제 아래에
서 자신의 신체와 욕구를 멀리하고 오직 남성 언어를 통해서만 자신
을 표현할 수 있었지만, 여성적 글쓰기는 오늘날 여성의 재현 방식으
로 신체 경험의 글쓰기와 히스테리와 남성이 보기에는 광기로 보이
는 것을 통해 여성의 자유로운 율동을 나타낸다고 지적했다.
**** George Sand(1804~1876). 19세기 프랑스의 유명한 여성 작
가로 본명은 오로르 뒤팽(Aurore Dupin)이며 조르주 상드는 그녀의
필명이다.
***** George Eliot(1819~1880). 19세기 영국의 유명한 여성 작
가로 본명은 메리 앤(Marry Ann)이며 조지 엘리엇은 역시 그녀의 필
명이다.

나 되는지 관찰했다. 젠더와 밀접한 관련이 있는 글쓰기 습관, 글쓰기의 가치 또는 직접적으로 '글쓰기의 헤게모니'라고 불리는 것이 여성 작가의 손에서 어떻게 변화했는지가 그들의 관심사였다. 그들은 더 나아가 여성 서사의 복잡함과 섬세함에 관해서도 서술했다.

페미니스트는 여성 서사와 여성적 글쓰기에 관해 논할 때 항상 '여성적 시간'을 언급하곤 한다. 왜 남성과는 다른 여성 서사가 존재할까? 핵심 이유는 여성은 여성의 신체를 갖고 있어서 여성만의 시간적 감성이 수반된다는 데 있다. 여성의 삶에는 절실한 순환의 경험이 있는데, 남성은 그것을 영원히 가질 수도 체험할 수도 없다. 그것은 바로 월경이며, 더 중요한 것은 월경으로 인한 파괴, 재생, 기대, 잉태의 끝없는 순환이다.

페미니스트는, 특히 프랑스 페미니스트는 이에 관해 수많은 문학과 글쓰기의 증거를 제시한 바 있다. 여성의 글에서 시제는 매우 자연스럽게 뒤섞이며 심지어 본래 문법에서 미리 설정된 일직선적 시간의 성질까지 잃어버린다. 이것은 여성적 글쓰기의 중요한 표지다. 여성은 끝없이 반복되고 순환하는 시간 환경 속에서 살아간다. 이와 반대로 남성은 있는 힘껏 앞으로 돌진하고, 기점과 종점이 있어 기점에서 종점을 향해 돌진하다 종점에 이르면 모든 것이 끝난다. 남성의 시간은 일직선적이라 남성이 보고 겪는 것은 모두 그 일직선적 좌표 위에 놓여 과거 혹은 미래와 비교되어야 한다. 그러나 여성의 시간은 기점도 종점도 없고 계속 끝없이 순환한다. 여성은 남성과 다른 풍경을 본다.

필연적으로 쇠퇴하는 일직선적 시간

페미니스트의 이런 젠더적 시간에 관한 주장은 마르케스가 『백년의 고독』에서 구축한 것과 정확히 상반된다. 마르케스는 당연히 페미니스트가 아니고 몹시 남성적인 작가다. 그런데 이런 남성적인 작가가 다룬 여성의 사랑에는 그만의 사랑스러운 점이 존재한다. 아마란타 같은 캐릭터를 그리고 욕망의 만족에 대한 거절을 사랑의 가장 순수한 형식으로 삼을 정도로 격렬한 사랑과 욕망을 그려 낸 남성 작가를 찾기란 그리 쉽지 않다. 심지어 여성 작가 중에도 그런 작가는 몇 명 없다. 아마란타는 자기가 사랑하는 사람을 밀어내기만 했고 또 그래야만 했다.

마르케스의 또 다른 중요한 작품 『콜레라 시대의 사랑』El amor en los tiempos del cólera은 거의 영원에 가까운 수십 년간의 사랑을 서술했다. 이 작품 역시 불합리하면서도 독자의 마음을 뒤흔드는 이야기다. 여기에 그려진 사랑은 사랑을 믿지 않는 모든 냉정한 이들의 마음을 부드럽게 만드는 특수한 효과가 있다. 그렇게 되는 이유는 소설 속 등장인물의 마음이 먼저 부드러워지기 때문이다. 마르케스는 이처럼 사람의 마음을 고도로 순화하는 소설을 썼다. 내가 좋아하는 단편집 『이방의 순례자들』Doce cuentos peregrinos을 봐도 우리는 사실 마르케스의 마음속에 부드러운 감정이 가득하다는 것을 알 수 있다.

『백년의 고독』속 두 가지 시간 감각은 페미니스트가 주장하는 '여성적 시간'을 부정한다기보다는 전혀 다른 각도로 여성의 힘을 보충하고 나아가 실증한다고 보는 게 맞다. 『백년의 고독』에서 전개되는 남자들의 순환적 시간은 또 다른 관점에서 보면 바로 남성의 일직선적 시간이 필연적으로 야기하는 쇠퇴에서 비롯되었다. 남자들은 자기 삶의 역정에서 원점으로 되돌아가지 못했다. 그들의 원점은 무엇이었을까? 바로 그들의 아이덴티티, 그들의 이름이었다. 한 명의 아르카디오가 여기에서 출발해 뛰쳐나가면 돌아올 줄 모르고 계속 돌진하다 반대편 어느 지점에서 사라졌다. 그러면 어쩔 수 없이 다시 원점에서 또 다른 아르카디오가 성장해 앞의 아르카디오가 간 길을 쫓아 또 뛰쳐나갔다 역시 사라졌다.

호세나 아르카디오나 아우렐리아노나 부엔디아가 거듭 등장하는 것은 남성의 일직선적 발전과 일직선적 시간이 낳은 일종의 환각이다. 그들은 영원히 원점으로 돌아갈 수 없기 때문에 시작하고, 성장하고, 쇠퇴하고, 죽었으며, 그다음 세대의 다른 남자가 다시 등장할 수밖에 없었다. 여자들은 그렇지 않았다. 강인한 생명을 가진 여자들은 영원히 그 자리에 있었다. 우르술라도 아마란타도 영원히 그 자리에서 각 세대 남자들이 외부에서 갖고 돌아오는 좌절과 비애와 상처를 감싸고 받아들였다. 여자들은 어떻게 그것을 감당할 수 있었을까? 그들의 시간은 본래 시작도 끝도 없었으므로 감당할 수 있었다. 여자들은 남자들보다 더 영구적이고 강인하며 용감했다.

피상적으로 보면 여성은 집에 있는 방관자이고 남성은 밖에 나가 활동하는 행동자다. 확실히 모든 사건은 남자들이 일으킨다. 남자들은 대단히 바쁘게 움직인다. 부엔디아 대령만 해도 그렇다. 그는 32차례나 전쟁을 일으키고 그 과정에서 열일곱 명의 사생아를 낳았다. 더욱이 그의 추측에 따르면 어디에서 태어났는지 모를 사생아가 그보다 몇 배는 많았다. 남자들은 계속 움직이고 끊임없이 행동한다.

『백년의 고독』도 그렇게 서술하고 있다. 하지만 작가는 그 행동자에게 비슷하거나 똑같으며 반복적인 이름을 부여해 독자를 머리 아프게 하고 나중에는 누가 누구인지 헷갈리게 만들었다.

환상에 빠진 남자들

누가 누구인지 또 누가 무슨 일을 했는지 헷갈리는 것은 아마도 독자의 문제가 아니라 마르케스가 우리를 빠뜨리려고 설계한 함정이라 여겨진다. 그 함정에 빠지고 나면 소설 속 어떤 남자도 '히어로'hero라고 간주하지 못하게 된다. '히어로'라는 단어에는 두 가지 뜻이 있다. 하나는 '영웅'이고 다른 하나는 연극이나 소설의 '주인공'인데, 영웅이든 주인공이든 모두 두드러진 개성individuality과 다른 사람과는 현저하게 다른 특성을 가져야 한다. 하지만 부엔디아 가문의 남자들은 하나같이 다른 남자의 환생이거나 심지어 반복되는 환영이나 다름없으므로 영웅도 주인공도 될 수 없다.

남자들의 행동이 헷갈리는 탓에 우리는 한 걸음 더 나아가 깨닫게 된다. 도대체 그들은 무엇을 한 걸까? 처음부터 마르케스는 남자들이 정말로 행동하는 게 아니라 단지 스스로 행동한다는 환상에 빠져 있다고 설정했다. 그들의 환상은 행동을 핑계 삼아 지탱되었기 때문에 그들은 환상에 빠져 있다는 사실을 인정하지 못했다.

그러면 왜 나는 마르케스가 처음부터 그렇게 설정했다고 주장할까? 소설의 서두를 떠올려 보자. 그 매력적인 서두에서 부엔디아 대령의 아버지 호세 아르카디오 부엔디아는 어느 날 지구가 오렌지처럼 둥글다는 사실을 깨닫는다. 그리고 동쪽으로 계속 나아가 지구를 한 바퀴 돌기로 마음먹는다. 그는 동쪽으로 가는 것이 여의치 않자 계획을 바꿔 북쪽으로 나아가지만, 밀림에 갇혀 헤매다 겨우 빠져나와 보니 그곳은 해변이었다. 사방이 물에 둘러싸인 기괴한 곳. 그는 다시 마콘도로 돌아가야만 했다.

우리는 그의 모험적인 행동을 잊어서는 안 된다. 호세 아르카디오 부엔디아는 마콘도 마을의 리더로 사람들을 데리고 모험에 나섰다 길을 잃었으며 바깥 세계를 찾아내는 데 실패했다. 이어서 나중에 그의 장남 호세 아르카디오가 집시를 따라 마을을 떠나는 사건이 일어나고, 이에 우르술라가 아들을 쫓아갔다 행방불명이 된다. 그런데 다섯 달 후 그녀는 놀랍게도 바깥 세계의 사람들을 데리고 마콘도에 다시 나타난다.

호세 아르카디오 부엔디아가 찾지 못한 길을 우르술

라는 찾았다. 두 사람의 가장 큰 차이는 무엇일까? 호세 아르카디오 부엔디아는 부엔디아 가문의 모든 남자를 상징하고 대표한다. 그들은 스스로 행동하고 있다는 환상에 빠졌지만 환상 자체가 행동보다 훨씬 중요했다. 또는 환상 자체야말로 그들이 탐닉한 것이면서 그들을 계속 살게 한 동력이었다. 행동은, 더 나아가 행동이 가져오는 결과는 그들에게 결코 그 정도의 비중을 갖지 못했다. 또한 그들의 행동이 가져온 결과는 불쌍할 정도로 미미하거나 의문스러웠다.

부엔디아 대령은 평생을 행동하며 살았다. 32차례의 전쟁을 치르고 총살을 당할 뻔했으며 독을 푼 커피를 마신 후 간신히 목숨을 건지기도 했다. 그런데 이에 대한 마르케스의 반복적인 서술은 무엇을 의미할까? 그의 공로와 성취일까? 그럴 리는 없다. 그 서술은 사실 작가가 독자에게 건네는 일종의 체크리스트와도 같다. 부엔디아 대령의 각 행동에 대해 성과가 있으면 네모 칸에 V 표를, 성과가 없으면 X 표를 채워 넣는. 하지만 X 표가 월등히 많다!

옆에서 관찰하고 목격하는 여자들

부엔디아 대령의 가장 큰 공로인 동시에 가장 대단한 성과는 전쟁을 일으킨 게 아니다. 그것은 사실 공로나 성과라고 할 수 없다. 그가 마지막에 용감한 인물이라는 인상을 주는 까닭은 마르케스 대령의 견해를 받아들였기 때문이다. 마르케스 대령은 전쟁이 무의미하므로 전쟁을 일으킨 자신들이 전쟁을 끝내야 한다고 생각했다. 그 당시 부엔디아 대령은 자기 생애에서 가장 빛나고 용감했다. 자신의 행동에 관한 환상을 직시해 환상이라 인정하고 더는 행동이라고 부르지 않았기 때문이다. 가장 타락했을 때 그는 잔혹한 통치자로서 자신의 환상을 모두 행동으로 간주하고 혁명이라는 이름으로 갖은 악행을 저질렀다.

부엔디아 대령은 만년에 무슨 일을 했을까? 그는 골방에 처박혀 작은 황금 물고기를 만들었다. 그런데 만들고 나면 녹이고 다시 만들기를 반복했다. 그것은 단순한 영웅의 말로가 아니었다. 한때 화려한 공적을 세운 인물이 나이 들어 은퇴한 후 마땅히 할 일을 못 찾았던 것이다. 황금 물고기는 그의 인생 전체를 상징했다. 그가 과거에 한 모든 일은 만년에 황금 물고기를 만든 것과 완전히 똑같았다. 무슨 일이든 전부 했다 망치고, 다시 했다 망치고, 또다시 했다 망쳤다.

황금 물고기는 부엔디아 대령의 상징일 뿐 아니라 더 확장하면 부엔디아 가문 남자 전체의 상징이다. 그들은 죄다 행동의 환상에 빠져 그 환상에 의지해 자신이 뭔가를 하고 있고, 성취하고 있고, 살아 있다고 착각했다. 그러나 시간이 지나면 그들의 삶은 유령 같은 공허에 덮여 환영처럼 돼 버렸다. 왜냐하면 그들의 행동은 거짓이고 본래 환영이었기 때문이다. 그들의 행동은 이뤄지는 듯하다 바로 소멸해 아무것도 남기지 못했다.

곁에서 그들을 바라보던 여자들과 대조해 보면 여자들도 거의 행동한 게 없기는 하다. 하지만 극소수의 예외(예컨대 우르술라가 마콘도를 떠났다 돌아왔던 사건)를 통해 우리는 여자들이 오히려 강력한 행동의 의도를 가졌음을 알 수 있다. 우르술라는 행동하려 했고 바로 결과를 얻었다. 그녀는 행동에 결과가 뒤따르지 않는 것을 용납하지 못했고 어떠한 환상도 없었다. 나아가 어떤 일도 헛되이 꿈꾼 적이 없었다. 여자들은 옆에서 관찰하고 목격했으며, 그들의 관찰과 목격으로 부엔디아 가문 남자들의 환상은 적나라하게 폭로되었다.

비범한 가문 서사시

『백년의 고독』은 기나긴 세월 동안 한 가문이 변화하고 발전해 나가는 모습을 그렸기 때문에 보통 서구 문학 전통의

'사가'saga novel(계도系圖소설 또는 가족사 소설)*와 함께 이야기된다. 사가는 가문의 각 세대가 이룩한 위업과 가문의 발전에 끼친 공헌을 기술하는 소설 양식이다. 사가의 서술은 당연히 1대 인물부터 아래로 끊임없이 이어지며, 『백년의 고독』처럼 도약하지 않는다. 하지만 사실 우리는 『백년의 고독』을 쭉 정리해 각 세대의 이야기를 시간 순서대로 배열하고 사가의 정신에 맞춰 각 세대가 가문에 공헌한 바를 추릴 수도 있다. 예를 들어 1대 호세 아르카디오 부엔디아는 지식과 모험을 추구한 인물이었다. 지식과 모험을 추구했기 때문에 2대 부엔디아 대령을 원칙을 지키며 남을 위해 희생할 줄 아는 용사로 길러 낼 수 있었다. 이런 식으로 각 세대마다 나름대로 거둔 성과가 있고 뒷세대가 앞세대의 훌륭한 면을 이어받아 발전시켰다고 쓰면 한 편의 사가가 완성된다.

하지만 우리는 마르케스가 그렇게 쓰지 않았다는 것을 안다. 그가 쓴 가문의 이야기는 사가와 근본적인 차이가 있고, 가장 큰 차이는 여성 캐릭터들에게 있다. 어떤 일이 벌어지든 거기에는 관찰하고 목격하고 기억하는 여자가 있

---

* 사가가 다른 소설과 다른 점은 다음과 같다. 첫째, 짙은 역사적 의미가 있어서 이야기의 배경은 흔히 극심하게 변화하는 역사 시기로 설정된다. 둘째, 서사는 한 주인공이나 한 가문이 중심을 이루고, 주인공이나 가문의 연속되는 경험을 매개로 과거의 사회적 면모를 펼쳐 낸다. 셋째, 상대적으로 많은 분량으로 사회적 배경과 당시 일상생활 속 갖가지 세부 사항을 처리한다. 넷째, 서사가 시간의 흐름처럼 끊임없이 이어져 방대한 대하소설로 발전한다.

었다. 6대 남자는 "내 앞의 조부, 증조부, 고조부는 정말 너무나 많은 성취를 이뤘다!"라고 말하고 싶었을 수도 있다. 하지만 그는 말할 수 없었고 심지어 그렇게 믿을 수도 없었다. 왜냐하면 1대 할머니가 아직 살아서 계속 기억하고 있었기 때문이다. 그녀는 단호하게 "내 앞에서 그게 무슨 헛소리냐, 절대 그렇지 않아!"라고 반박했을 것이다. 여자들은 목격자로서 남자들이 위대한 업적을 남겼다고 증언하지 않는다. 대신 성실하게 남자들의 환상과 헛수고를 증언한다.

남성의 시간과 여성의 시간은 이렇게 이중 구조로 소설을 지탱하고 있으며 독자가 읽으면서 생각해 볼 만한 문제를 도출하기도 한다. 그중 한 가지를 예로 들면 마르케스가 이중 구조를 내가 말한 것처럼 그렇게 단순하고 기계적으로, 즉 한쪽에는 남성의 시간이, 다른 쪽에는 여성의 시간이 있는 식으로 서술하지도 서술했을 리도 없다는 것이다. 그 구조 속에는 각양각색의 왜곡과 변화가 존재해서 남성의 시간이 여성의 시간으로 침투하기도 하고 여성의 시간이 남성의 시간을 파괴하기도 한다. 우리는 텍스트 속에서 시간 감각이 교차하는, 흥미롭거나 놀라운 지점을 숱하게 찾아낼 수 있다.

또 다른 문제를 더 예로 들어 보자. 서로 다른 시간 감각을 가진 남자와 여자 사이에 어떻게 감정과 영혼과 육체 관계가 생길 수 있을까? 이 문제는 다른 방식으로 물어볼 수도 있다. 남녀 관계를, 사랑과 성과 혈연을 그런 이원적 시간의 틀 속에 넣으면 어떤 변화가 생길까? 『백년의 고독』에는 성과 사랑에 관한 수많은 이야기가 담겨 있는데, 그것은 독자를 즐겁게 해 소설의 '가독성'을 높이기 위한 게 아니라 그것 자체의 중요성과 거의 장엄하기까지 한 의미를 갖고 있다.

내가 본 중국어판 『백년의 고독』 표지에는 당연히 제목이
가장 크게 쓰여 있지만 그다음으로 큰 글씨는 작가 마르케
스의 이름이 아니었다. 마르케스의 이름 앞에 적힌 '1981년
노벨문학상 수상 작가'라는 한 줄과 제목 밑에 적힌 '공전의
판매량을 기록한 현대문학의 걸작'이라는 한 줄이 더 크고
더 눈에 띄었다. 출판사는 이 두 줄이 마르케스의 이름보다
더 독자에게 호소력이 있다고 생각한 게 틀림없다.

　'공전의 판매량을 기록한 현대문학의 걸작'은 그저 선
전 문구이지만 보기 드물게 사실이기도 하다. 1968년 출판
된 후 현재까지 이 책은 전 세계에서 최소한 5백만 권 이상

팔렸다. 이 책은 당연히 초베스트셀러이고 더욱이 노벨문학상 수상자가 쓴 작품이다!

베스트셀러가 된 사회적 원인

길게 보면 5백만 권 넘게 팔린 현대 고전은 상당히 많다. 『자본론』『꿈의 해석』『종의 기원』『카라마조프가의 형제들』『전쟁과 평화』는 분명 그 숫자 이상으로 팔렸을 것이다. 하지만 우리는 『백년의 고독』이 출판됐을 당시의 뜨거운 반응에 초점을 맞춰야 한다. 이 책은 100년에 걸쳐 5백만 권이 팔린 게 아니라 출판되자마자 엄청난 화제가 되어 밀리언셀러 자리에 올랐다.

이렇게 많은 판매량을 기록한 것을 단지 소설 자체의 내용만으로 설명하기는 힘들다. 훌륭하고 위대한 작품은 자기 힘만으로 영원한 가치를 창조할 수 있지만 독립적으로 유행popularity을 창조하지는 못한다. 만약 그런 작품이 한 지역에서 밀리언셀러가 되었다면 그 배후에는 한 권의 책을 하나의 현상으로, 심지어 하나의 운동movement으로도 만들 수 있는 어떤 사회적 원인이 있게 마련이다.

『백년의 고독』을 읽으면서 우리는 동시에 '20세기 라틴아메리카 시대의 흥기' 또는 '20세기 라틴아메리카 시대'

라는 특수한 역사적 배경에 주목해야 한다. 타이완에서는 중국과의 대치 상황으로 인해 '제3세계'가 낯설고 멀게 느껴졌다. 그래서 20세기 라틴아메리카 시대의 거대한 충격을 그리 실감하지 못했다.

하지만 타이완은 특수한 사례로 그 조류에서 소외된 극소수 지역이었다. 이와 대조되는 예로 중국을 살펴보기로 하자.

1949년 중화인민공화국 수립 후 중국 공산당은 아마도 인류 역사상 존재한 적이 없는 사회를, 기본적으로 무려 30년간 문학이 없는 사회를 건설했다. 수억의 인구를 가진 사회에서 30년간 변변한 문학작품이 나올 수 없게 사람들을 통제한 것은 실로 쉽지 않은 일이었고, 이를 통해 중국 공산당의 통제력이 얼마나 무시무시했는지 알 수 있다. 하지만 그런 중국 공산당조차 문학의 출현을 계속 저지하는 것은 불가능했다.

문화대혁명이 끝나고 얼마 후 혁명의 비극을 돌아보고 성찰하는 '상흔문학'이라는 문학 조류가 등장했고, 이어서 1979년 개혁개방을 거쳐 1980년대 중반까지 중국에서는 문학이 크게 유행하여 사람들의 눈을 번쩍 뜨이게 하는 여러 작가와 작품이 등장했다.

'포스트 문혁'의 문학적 성취에서 핵심은 '중국식 마술적 리얼리즘' 노선이었다. 중국 작가들은 라틴아메리카 시대에 충격을 받아 라틴아메리카 문학의 양분을 흡수했다. 그래서 마술적 리얼리즘 기법을 응용해 황당하면서도 해괴한 문혁의 경험을 서술했다.

미국은 어땠는지도 살펴보자. 1980년대 후반 내가 유학하던 시절, 미국의 주요 학술 서점에 가 보면 서가 세 개는 어김없이 라틴아메리카와 밀접한 관련이 있었다. 인문학 서가에는 해방신학Liberation Theology 관련 책이 꽂혀 있고 사회과학 서가에는 발전이론Development Theory이나 종속이론Dependency Theory 관련 책이, 문학 서가에는 마술적 리얼리즘이라고 표시된 파트가 따로 있었다.

이 세 가지는 모두 라틴아메리카에서 연유했으며 나아가 상호 연관성이 있었다. 왜냐하면 세 가지 사조는 라틴아메리카에서 잇따라 발생했기 때문이다. 그래서 마르케스가 『백년의 고독』을 쓰기 전에 라틴아메리카 지식인, 심지어 일반 독서 대중은 이미 사상적 준비가 돼 있었다. 『백년의 고독』은 그 사상적 조류 속에서 가장 민감한 몇 가닥의 신경을 정확히 건드림으로써 곧바로 베스트셀러가 될 수 있었다.

그래서 이 현상을 설명하려면 조금 거슬러 올라가 1950~1960년대에 왜 라틴아메리카 시대가 도래했는지, 라틴아메리카 시대를 구성한 사조는 도대체 무엇인지, 그러한 사조 사이에는 어떤 관계가 있었는지 이야기하지 않을 수 없다.

인류의 미래를 대표했던 소련

조금 범위를 넓혀 1953년부터 이야기해 보기로 하자. 1953년은 스탈린이 사망한 해이면서 소련 공산당 내 권력 계승 투쟁을 거쳐 흐루쇼프가 권좌에 오른 해이기도 하다. 흐루쇼프는 권좌에 오른 지 얼마 안 돼 스탈린을 청산하기 시작했다. 이 소식은 시간이 어느 정도 흐르고 나서야 중국에 전해졌고, 그러고 나서 중국을 거쳐 서구에 전해졌다. 하지만 이 일은 소련 내부, 나아가 바르샤바조약기구의 국가들에서는 진작부터 조짐이 있었다.

흐루쇼프는 스탈린을 청산하면서 스탈린이 소련 공산당 내 동지들을 잔인하게 박해한 수법을 폭로했다. 이것은 소련 공산당보다 서구의 좌파에게 훨씬 더 큰 타격을 입혔다. 1917년 러시아혁명 이후 유럽과 미국에는 줄곧 좌파 지식인의 전통이 존재했다. 그들은 러시아혁명이 수립한 공산주의사회가 미래 인류 세계의 한 가지 가능성임을 굳게 믿는 동시에 소련의 경험을 가져와 서구 체제와 대조하고 비판했다.

영국 소설가 허버트 조지 웰스*가 언젠가 소련을 방문해 스탈린을 만났던 일을 예로 들어 보자. 스탈린이 소련의 우월한 점에 관해 줄줄이 늘어놓자 평상시 영국에서는 그렇게 똑똑하고 영리했던 웰스가 뜻밖에도 집중해서 그의 말을 다 듣고 고개를 끄덕여 동의하며 말했다.

"소련은 확실히 훌륭합니다. 단지 작은 문제가 하나 있는데, 이곳에서는 비판의 목소리에 별로 귀를 기울이지 않는 것 같습니다."

자유주의적 입장에서 웰스는 스탈린에게 비판자와 비판적 언론을 관용해야 한다고 권했다. 이에 스탈린은 즉시 답했다.

"잘못 생각하시는군요. 우리의 비판 정신은 당신들보다 훨씬 철저합니다. 왜냐하면 당신들은 모두 남을 비판하지만 우리는 자신을 비판하기 때문이죠. 자아비판은 남을 비판하는 것보다 더 어렵고 엄격하며 더 귀합니다."

스탈린에게 이렇게 반박을 당한 웰스는 아무 소리도 못하고 고개만 끄덕였다.

---

* Herbert George Wells(1866~1946). 영국의 소설가, 역사학자로 대표 저서로는 소설 『타임머신』 『우주 전쟁』, 역사서 『세계사 대계』 가 있다.

똑똑한 웰스가 어째서 스탈린의 궤변을 간파하지 못했을까? 그는 그 자리에서 스탈린에게 대꾸하지 못했을 뿐만 아니라 영국에 돌아와 스탈린의 '자아비판론'을 대대적으로 선전하는 글까지 썼다. 스탈린이 서구 민주주의의 한 가지 맹점, 즉 서구가 인정하는 자유는 남을 비판하는 자유일 뿐임을 지적했으며 진정한 비판 정신은 자아비판이어야 한다는 것이 그 글의 요지였다. 소련 사회에서는 너무나 훌륭하게도 누구나 자아비판을 한다고 그는 찬탄을 금치 못했다.

웰스는 왜 그렇게 어리석었을까? 왜냐하면 소련으로 출발하기 전부터 서구의 다른 좌파 지식인과 마찬가지로 소련에서 벌어지는 일이 인류의 미래를 대표한다는 선입견에 빠져 있었기 때문이다. 그래서 그에게 소련 방문은 거의 인류의 미래를 방문하는 것과 같은 의미를 가졌다. 『타임머신』을 쓴 웰스는 당연히 인류의 미래에 지대한 관심이 있었다. 소련에 도착했을 때 그는 소련 사회와 서구 사회를 똑같은 기준 아래 가늠할 수 없었으며 소련에서 일어나는 일이 틀림없이 옳고 적어도 일리가 있으리라는 편견에 사로잡혀 있었다. 따라서 이른바 자아비판이 권력에 대한 비판을 불허하기 위한 일종의 핑계일 뿐이라는 사실을 알아채기 힘들었다. 또 그랬기 때문에 그곳에서 일어나는 어떤 일도 영국에서 일어나는 일과는 다르다고 굳게 믿었다.

스탈린은 소련 사회의 그런 신화를 성공적으로 유지했고 중간에 제2차 대전까지 치렀다. 그 수십 년의 세월 동안 줄곧 수많은 서구 지식인은 소련 사회가 인류 미래의 지표라고 믿었다. 그리고 서구를 대하는 소련과 소련 공산당의 기본 태도는 이랬다.

"우리는 이곳에서 인류의 미래 사회(공산주의사회)의 가능성을 먼저 부분적으로 실현했다. 그런데 안타깝게도 당신들은 여전히 전 단계(자본주의사회)의 부패하고 의롭지 못한 삶 속에서 허우적대고 있다. 당신들은 왜 우리 쪽으로 다가오지 못하는가? 아, 그것은 부르주아계급의 이익을 대변하는 당신네 국가가 그런 발전이 두려워 우리에게 반대하고 우리에게 다가오는 것을 저지하기 때문이다."

흐루쇼프와 솔제니친

제2차 대전은 스탈린에게 더 유리한 선전의 기회를 제공했다. 히틀러의 독일군은 전 유럽을 석권할 정도로 엄청난 무력을 자랑했지만 끝내 소련을 무릎 꿇리지 못하고 레닌그라드 포위전에서도 승리를 거두지 못했다. 이에 소련의 지위는 한층 더 높아졌다. 제2차 대전 이후 미국과 소련이 맞서는 냉전 구도가 형성됐는데도 유럽에는 소련에 대한 믿음을 간직한 지식인이 여전히 많이 존재했다. 소련에서 부정적인 소식이 들려와도 그들은 자본주의 체제가 조작하고 왜곡한 것이거나 아니면 인류가 새로운 영역, 새로운 단계로 발돋움하기 위해 반드시 치러야 할 전환의 대가로 여겼다.

흐루쇼프의 스탈린 청산과 폭로의 핵심 포인트는 그것이 결코 소련과 소련 공산당에 대한 미국의 악성 유언비어가 아니라 소련의 새로운 최고 권력자가 모두에게 스탈린 통치의 진상을 보여 준 것이라는 데 있었다. 흐루쇼프는 심지어 공산당대회에서 『이반 데니소비치의 하루』를 쓴 솔제니친*을 공개적으로 추켜세우면서 솔제니친과 그의 작품을 이용해 스탈린 통치 시기와 강제수용소의 폐단을 규탄하기까지 했다.

솔제니친은 나중에 더 방대한 분량으로 더 폭넓은 주제를 다룬 『수용소군도』를 발표했다. 이른바 '수용소군도'는 어떤 '군도'群島가 아니며 심지어 지명도 아니다. 소련 지도에서 '수용소군도'라는 곳은 찾을 수 없다. '수용소'로 번

---

* Aleksandr Isajevich Solzhenitsyn(1918~2008). 구소련의 유명한 반체제 작가로 1970년 노벨문학상을 빚았다. 그는 1970년 소련에서 추방되어 미국에 정착했으며, 1991년 소련이 해체되고 나서야 1994년에 러시아로 돌아갔다. 대표작으로 『이반 데니소비치의 하루』『암병동』『수용소군도』가 있다.

역된 '굴라크'Gulag는 '정치범 교정 수용소'의 러시아어 약칭으로 '수용소군도'는 소련 각지에 존재했던 헤아릴 수 없이 많은 '정치범 교정 수용소'를 뜻한다. 흐루쇼프는 솔제니친의 작품을 이용해 스탈린의 잔혹함을 폭로하고 스탈린과 자신 사이에 명확한 선을 그었다.

하지만 흐루쇼프는 나중에 크게 후회했다. 왜냐하면 '수용소군도'가 정말 쓸모 있으며 자신의 정권을 공고히 하고 유지하는 데 도움이 된다는 사실을 깨달았기 때문이다. '수용소군도'를 폭로한 탓에 그는 많은 일을 할 수 없게 되었고, 결국 얼마 안 가서 당내 투쟁으로 실각하고 말았다.

흐루쇼프의 후회는 너무 늦었다. 그 바람에 소련 공산당 내에서 자기 지위를 지키지 못하고 소련과 서구 좌파 지식인의 관계도 지키지 못했다. 흐루쇼프가 일으킨 파문은 너무나 커서 소련이 인류의 아름다운 미래를 대표한다고 믿을 수 있는 사람은 더 이상 없었다. 또는 계속 그렇게 믿으면서도 조롱과 조소를 면할 수 있는 사람은 더 이상 없었다. 프랑스 공산당의 대분열과 이탈리아 공산당의 몰락은 모두 그 일과 직접적인 관련이 있다. 영국 공산당과 노동당의 세력 관계가 변화한 것도 마찬가지다.

서구의 좌파는 그 일과 관련해 스탈린이 도대체 악인

이었는지 아니었는지 명확한 입장을 취해야 했다. 하지만 그것은 너무나 어려운 일이었다! 스탈린이 악인임을 인정하는 것은 자신들이 과거에 한 말은 죄다 틀렸고 수십 년간 스탈린에게 속았음을 뜻했다. 반대로 인정하지 않는 것은 자신들이 아직까지도 정신을 못 차렸음을 뜻했다.

서구 좌파의 현지화

이렇게 어렵고 난처한 상황에서 불가피하게 중대한 변화의 추세가 나타났다. 바로 1950년대 후반부터 서구 좌파가 꿈꾸었던 '현지화'localization였다.

그전까지 서구 좌파의 꿈은 소련을 근거로 삼았다. 코민테른 세계혁명의 이데올로기적 지휘하에 지식인이 사유한 방향은 항상 어떻게 자신의 나라에 소련식 사회주의 천국을 세우느냐이거나 적어도 소련식 공산주의 사회주의로 가기 위해 유리한 조건을 마련하는 것이었다. 이것이 본래 그들이 공통적으로 택한 노선이었다. 이미 소련이 성공했다고 믿었기에 그들의 목표는 당연히 러시아혁명의 경험을 복제해 각국에 혁명을 일으키고 소련과 똑같은 길을 걷는 것일 수밖에 없었다.

그러나 환상은 깨졌다. 스탈린 같은 정권이 어떻게 성

공의 모범일 수 있겠는가? 어떻게 모방의 대상이 될 수 있겠는가? 흐루쇼프가 제시한 자료는 소련이 오랫동안 사악한 전체주의 아래에 놓여 있었음을 증명하기에 충분했다. 그래서 본래 소련을 믿었던 사람 중 일부는 태도를 바꿔 철저히 공산주의와 좌파를 부정하고 가장 강력한 보수주의자로 변신했다.

하지만 그러지 못하고 계속 좌파 진영에 남은 이들은 자신의 사상을 개조해야만 했다. 가장 중요하고 아마도 유일하게 실행 가능했던 개조 방향은 바로 소련식 사회주의 천국을 꿈꾸는 것과 소련식 혁명을 추구하는 것을 멈추는 일이었다. 그리고 정말로 해야 했던 것은 자신의 국가와 사회의 현재 상태를 분석하고 자본주의의 기존 틀을 벗어나 다음 단계로 나아가는 경로를 계획하는 것이었다. 이것이 바로 좌파 이론의 현지화였다.

좌파 지식인은 더 이상 소련의 도그마를 베껴 와서도, 소련식 공산주의 혁명을 지향해서도 안 된다는 것을 자각해야 했다. 그들은 관점을 바꿔 자본주의사회를 성찰해야만 했다. 그렇게 사유하려는 이들이 곧 또 다른 노선을 형성했고, 그들은 스스로를 '신좌파'New Left*라 부름으로써 '구좌파'와 선을 그었다. 신좌파와 구좌파의 가장 큰 차이점은

---

* 1950년대에 스탈린주의가 독재화되면서 많은 유럽 지식인은 공산주의의 좌파 논리에 극도로 실망했다. 특히 1956년 헝가리 혁명과 1968년 프라하의 봄 그리고 1968년 5월 혁명을 겪으면서 신좌파 지식인은 공산주의 관념이 새롭게 성찰되어야 한다는 것을 이해했다.

소련 공산당과 코민테른에 대한 태도에 있었다. 신좌파는 더 이상 소련 공산당의 지휘를 따르지 않고 독립적인 길을 가려 했다.

미국에 저항할 가능성

1953년 스탈린이 죽고 흐루쇼프가 스탈린 청산을 한 사건은 라틴아메리카에도 큰 영향을 끼쳤다. 그 이유는 무엇일까? 1832년부터 스페인과 포르투갈 같은 오래된 제국주의 식민자들은 라틴아메리카에서 차례로 쫓겨났다. 하지만 그렇다고 해서 라틴아메리카가 진정으로 독립과 자주를 얻은 것은 아니었다. 그 주된 원인은 스페인과 포르투갈 세력을 쫓아낸 것이 미국의 '먼로주의'였다는 데 있었다. 미국은 라틴아메리카를 자신의 뒷마당으로 삼으려 했다. 제국주의의 이름을 갖지 않은 실질적인 제국주의 국가로서 식민자의 태도로 라틴아메리카 위에 군림했다.

이에 따라 1832년 이후 라틴아메리카의 운명에 한 가지 중요한 부분, 즉 어떻게 미국에 저항할 것인가가 추가되었다. 사실 라틴아메리카는 미국에 저항할 힘이 없었지만, 그래도 무시무시한 북쪽의 이웃 나라가 숨도 못 쉴 만큼 압박해 올 때면 라틴아메리카의 민중은 적어도 저항할 가능성을 계속 사유하고 점쳐 볼 수는 있었다. 그리고 미국에 저항할 가능성에 대한 사유는 필연적으로 라틴아메리카를 미국의 숙적인 소련 쪽에 다가가게 하여 소련에 보편적으로 호감과 환상을 갖게 만들었다.

미국의 뒷마당이 돼 버린 탓에 라틴아메리카에는 수많은 소련 지지자가 생겼다. 그들이 소련을 지지한 것은 사실 소련에 대한 참된 이해와 직접적인 경험이 있어서가 아니었다. 미국에 대한 반감으로 소련을 끌어들여 미국에 저항하고 싶었던 것이다. 따라서 1940년대 후반부터 1950년대 전반 사이에 라틴아메리카의 지식인뿐만 아니라 일반 민중까지 소련에 대한 의도된 꿈과 미화를 자연스레 받아들인 것은 충분히 이해할 수 있는 일이었다. 그들에게 소련은 혁명의 큰형님이었고 그들의 눈에는 소련의 모든 게 다 좋아 보였다. 더 중요한 것은 소련이 언젠가 미국의 수중에서 라틴아메리카를 구출해 소련 같은 공산주의의 천국으로 진화하게 해 줄 것이라고 그들이 믿고 싶어 했다는 사실이다.

그 시절에 라틴아메리카 사람들은 삶이 비참하게 느껴질 때면 "조금만 더 참자, 언젠가는 우리도 소련처럼 좋아질 거야"라고 스스로를 위로하곤 했다. 그런데 스탈린이 죽고 나서 흐루쇼프가 그를 청산하며 더럽고 피비린내 나는 사실을 폭로하자 라틴아메리카의 그런 환상은 산산이 부서져 버리고 말았다.

마르케스는 그 변화 과정을 겪은 세대에 속했다. 그는 일찍이 동유럽을 거쳐 소련을 여행한 뒤 귀국해 소련에서 보고 들은 것을 글로 발표한 적이 있었다. 그 글에서 그가 묘사한 소련 사람들은 하나같이 우호적이고 친절했다. 하지만 동시에 소련 밖의 세계가 도대체 어떤 모습인지 몹시 알고 싶어 했다. 그 글에는 "내 상상 속의 그 신세계는 어디에나 낡은 것이 가득했다"라는 절묘한 구절이 있다. 그는 소련 사람들의 생활에서 어떠한 새로운 것도 보지 못했다. 변기도 낡고, 문고리도 낡고, 집도 낡고, 거리도 낡았다. 어째서 상상 속의 신세계에, 막 세워진 천국에 낡은 것만 가득할까? 그는 글에서 "소련 인민은 항상 배고프고 먹을 게 없었다. 하지만 정부는 로켓 발사에 성공하면 그들이 바로 살찔 것이라고 했다"고 말했다. 이런 구절은 마술적 리얼리즘보다 반어법에 더 가깝다!

그 글이 발표된 후 라틴아메리카의 좌파 친구 몇 명은 분노해 마르케스와 절교했다. 그 친구들과 마르케스의 가장 큰 차이는 스탈린에 대한 흐루쇼프의 청산을 어떻게 바라보느냐에 있었다. 마르케스는 그 일의 영향으로 이미 소련이 천국이라는 것을 별로 믿지 않게 되었고, 그래서 낡고 뒤떨어진 것을 사실 그대로 볼 수 있었다. 하지만 친구들은 그렇게 빨리 본래의 신념을 버릴 수가 없었다. 그들에게 익숙한 가치하에서 소련을 비판하는 것은 곧 미국에 협조하는 심각한 배신행위였다.

하지만 마르케스와 절교한 친구들도 낡은 신념에 계속 안주하기는 불가능했다. 마르케스와 절교할 때 그들 역시 그가 묘사한 소련의 현실에 어쩔 수 없이 충격을 받았다. 라틴아메리카의 좌파 지식계는 신념의 위기에 빠지고 말았다. 그리고 그 위기 속에서 새로운 신념이 발버둥 치며 생겨났다. 바로 '해방신학'이었다.

이성과 신앙의 모순적인 결합

해방신학의 토대는 당연히 라틴아메리카의 강력한 종교 체제였다. 스페인과 포르투갈 사람들이 갖고 들어온 가톨릭은 금세 현지에 뿌리를 내리고 라틴아메리카 사람들의 삶을 지배했다. 라틴아메리카는 곳곳에 성당이 있었을 뿐만 아니라 달력도 가톨릭의 복잡한 의식에 맞춰 구성되었다. 그들은 오늘이 12월 12일인지 13일인지에는 관심이 없었다. 오늘이 성 베드로의 날인지 그다음 날인지가 훨씬 더 의미 있었다. 달력에 가장 많이 표시된 것은 교황청이 시성한 성인의 이름과 그들의 생일 또는 수난일이었다. 성당의 의식이 삶의 리듬을 제어하고 나아가 사람들의 시간 감각을 정의했다. 좌파든 우파든 라틴아메리카 사회의 일원이면 반드시 성당의 그런 시간 의식 속에서 살아야 하고 또 그럴 수밖에 없었다.

'해방신학'은 이상하고 모순적인 명칭이다. '해방'은 좌파의 상용 어휘이지만 '신학'은 가장 오래되고 보수적인 학문이기 때문이다. 그러나 시각을 바꿔 좌파 사상의 진화 과정을 감안해서 보면 사실 그런 모순은 일찍부터 좌파적 입장 저변에 자리하고 있었음을 알 수 있다. 좌파는 진보와 해방을 추구하고 마르크스주의는 스스로를 과학이라 언명해 겉보기에는 이성 및 모더니티와 긴밀하게 연결된 듯하지만, 그들이 꿈꾸는 사회적 목표와 꿈을 실현하는 방식은 흔히 극도로 비이성적인 동시에 도전과 의심을 불허하는 절대적 신앙과도 같았다. 본래 신앙은 고정적이며 부정을 용납하지 않는다.

예를 들어 소련이 천국이고 인류의 미래라는 믿음은 사실 가톨릭 교리와 대단히 흡사하며 우리에게 성 아우구

스티누스*를 연상시킨다. 아우구스티누스는 기독교 교리에 두 가지 큰 공헌을 했다. 첫 번째 공헌은 『고백록』을 써서 패덕과 타락에 빠졌던 자신이 어떻게 하느님을 만나 경건한 주교가 되었는지 밝힌 것이다. 이를 통해 그는 자기가 지금 선하지 못하다고 해서 구원의 희망을 버릴 필요는 없으며 언제든 하느님을 발견하고 믿으면 된다고 사람들을 설득했다.

두 번째 공헌은 자신의 또 다른 대표작 『신국론』에서 '인간의 나라'City of Men와 '하느님의 나라'City of God를 대비해 제시한 것이다. 그는 인간이 진정으로 돌아가야 할 곳은 눈앞에 있는 인간의 나라가 아니라 하느님의 나라라고 설명했다. 하느님의 나라와 비교하면 인간의 나라는 부차적이고 공허하고 속되고 타락한 곳이며, 인간의 나라에서 벗어나야만 비로소 하느님의 나라에 들어갈 수 있다고 했다.

그런데 해방신학은 하느님의 나라에 대한 환멸에서 비롯된 새로운 사유였다. 그러한 사유 방향의 대전환은 당연히 흐루쇼프의 스탈린 체제 비판으로 소련의 기존 이미지가 와해된 것과 관련이 있었다. 해방신학의 핵심 의의는 가톨릭 신앙의 기본 가치를 새로 쓴 데 있었으며, 해방신학이 동원한 주요 수단은 예수그리스도의 이야기를 고쳐 쓰

---

* Aurelius Augustinuse(354~430). 로마의 주교이자 성인, 기독교 신학자이자 철학자이며 주요 저작으로 『고백록』『신국론』 등이 있다.

고 다시 쓴 것이었다.

죄 없이 수난당한 예수

기독교는 가톨릭과 프로테스탄트를 막론하고 예수그리스도가 중심이다. 예수는 하느님의 아들이지만 성모마리아의 처녀 수태 방식으로 인간 세상에 태어났다. 그리고 아담과 이브가 에덴동산에서 쫓겨난 후로 인간은 원죄를 갖고 타락의 길을 걸어 성령과 성체와 갈수록 멀어졌다. 이에 하느님은 다시 자비를 베풀어 아들 예수를 세상에 보내 인간 대신 죄 없이 수난을 당하게 했다. 그는 아무 죄도 없었으며 원죄조차 없었다.

누가 오늘 밖에 나갔다 갑자기 발을 헛디뎌 구덩이에 빠지는 바람에 머리가 깨져 피가 철철 났다면 "나는 잘못한 것도 없는데 왜 이런 일을 당한 거지!"라고 말할지도 모른다. 하지만 기독교 신학의 시각에서 보면 안타깝게도 그는 그런 말을 할 자격이 없다. 왜냐하면 그는 인간이고 그의 선조가 하느님에게 거역해 쫓겨나는 바람에 죄인의 운명을 타고났기 때문이다. 따라서 살다가 어떤 일을 당해도 결코 무고한 게 아니다.

예수는 하느님의 아들이었고, 그 신분은 그에게 아무

죄가 없음을 보증했다. 하느님이 이 세상에 내려보낸 예수는 완전히 결백한 존재였다. 하지만 많은 고난을 당했고 너무 고통스러운 나머지 하느님 아버지를 향해 몇 번이나 "왜 나를 버리시나이까?"라고 외쳤다. 예수는 자기 때문이 아니라 세상 사람들에게 다시 에덴동산으로 돌아갈 길을, 다시 죄를 씻을 길을 마련해 주기 위해 수난당했다. 그가 죄 없이 수난당한 것은 일종의 정화이자 승화였다.

물론 예수가 십자가에 못 박히는 수난을 당했다고 인간이 에덴동산으로 돌아갈 수 있게 되지는 않았다. 그것은 그리 쉬운 일이 아니었다. 하지만 아담과 이브와 아브라함 이후 갈수록 추락하기만 해서 하느님에게 소멸당할 뻔한 인간들은 예수의 수난으로 인해 잠시 추락을 멈추게 되었다. 그들의 잘잘못을 가리는 일은 최후의 심판까지 기다려야 했다.

예수그리스도 덕분에 인간 중 일부는 구원을 얻어 최후의 심판일에 영생을 얻게 되었다. 이것이 기독교의 핵심으로 하느님을 믿고 예수에게 기도하는 근본적인 이유다. 만약 예수가 없었다면 인간은 전부 기회를 얻지 못했을 것이다. 하지만 예수가 있어서 선택의 여지가 생겼다. 예수그리스도를 믿는 사람은 종말에 이르면 '하느님의 나라'에 들어갈 수 있게 된 것이다.

19세기 신학 연구는 두 가지로 나뉘었다. 하나는 성경의 자구字句를 해석하는 것으로, 어떤 자구가 어떻게 생겨났으며 의미와 어원 차원에서 각 자구 사이에 어떤 언어학적 philological 관계가 있는지 살폈다. 다른 하나는 성경의 각 부분에서 상호 충돌하고 모순되는 것처럼 보이는 점을 해석하는 것으로, 성경을 완전무결한 총체totality로 이해하고 내적 외적으로 흠 없는 신성한 의미를 잘 드러내는 게 사명이었다.

후자의 사명은 달성하기가 쉽지 않았다. 신약성경의 사복음서*는 예수그리스도의 사적을 기록한 것인데, 그중에는 같은 사건을 명백히 다른 견해로 묘사한 부분이 있기 때문이었다. 그런 경우 누가 옳고 누가 틀릴까? 사명의 전제는 성경을 부정해선 안 된다는 것이었지만, 만약 요한복음이 옳고 마가복음이 틀렸다고 한다면 마가복음의 내용을 부정하지 않을 도리가 없었다. 그래서 보통 그런 차이에 대응해 서로 다른 이들이 예수의 곁에서 서로 다른 면을 본 것이라고 해석했다.

---

* 신약성경의 첫 4권으로 예수의 제자 마태, 요한, 사도 베드로의 제자 마가, 사도 바울의 제자 누가가 각기 편찬한 마태복음, 요한복음, 마가복음, 누가복음을 뜻한다.

민중의 해방을 위해 수난당하다

그런데 이런 해석은 '역사적 해석법'으로 끌려가기 쉽다. 사람들에게 예수그리스도의 삶이 하나의 역사적 사실이었음을 상기시킨다. 만약 그렇다면 우리는 사복음서의 저자들이 제공한 기록 외에도 기타 관련 사료와 역사적 증거를 찾아낼 수 있지 않을까?

20세기에 와서 이런 경로는 '역사 신학'Historical Theology과 '성경 고고학'으로 발전해 역사 고증과 고고학적 자료로 예수의 생애와 경험을 재구성하려 했다. 역사적 관점으로 보면 기원전 1세기 나사렛 지역에 분명히 어떤 목수의 아들이 출현한 적이 있고, 그는 나사렛 지역의 유대인 사이에서 매우 큰 영향력이 있었다. 그는 유대인의 리더가 되어 유대인을 이끌고 로마의 통치에 저항했지만, 나중에 유대인 동포에게 배반당해 로마인에 의해 십자가에 못 박혀 목숨을 잃었다.

해방신학은 예수 이야기의 포인트를, 즉 예수가 십자가에서 수난당한 의미를 다시 기술했다. 이전 신학은 예수가 죄 없이 수난당한 것만 강조하고 하느님이 예수를 위해 택한 수난의 형식은 진지하게 따져 본 적이 없었다. 예수가 수난을 통해 모든 인간의 원죄를 구제하는 방법은 숱하게 많을 수 있었지만 결국 실현된 것은 십자가에 못 박혀 죽는 것이었다. 게다가 성경에는 특별히 예수가 두 명의 도둑 사이에서 못 박혔다고 기록되어 있다. 예수는 도둑이 아닌데도 로마인은 일부러 도둑과 함께 처형했다.

만약 예수의 삶에서 진정한 포인트가 죄 없이 수난당한 것이라면, 예수가 어떻게 수난을 당했든 즉 도둑으로 오해를 받았든 아니든 그게 무슨 차이가 있겠는가? 사복음서는 우리에게 예수는 정직한 사람으로 절대 도둑이었을 리 없다는 것을 자세히 알려 준다. 만약 죄 없이 수난당한 것에만 주목한다면 예수가 세상에서 어떤 사람이었고 어떤 생활을 했는지가 뭐가 중요하겠는가? 예수가 하느님의 아들로 세상에 내려와 고통당한 게 전부라면 그가 무슨 고통을 당하고 왜 당했는지 신경 쓸 필요가 있을까? 설령 예수가 아무 짓도 하지 않았는데 그저 도둑이나 간통범으로 오해받아 영문도 모르고 억울하게 피살되었다 한들 무슨 차이가 있을까?

해방신학은 이런 문제를 단초로 시작되었고, 첫 번째로 얻어 낸 답은 예수가 왜 그리고 어떻게 수난당했는지에 당연히 어떤 차별성이 있다는 것이었다. 사람들은 단지 예수가 하느님의 아들이어서 숭배한 게 아니고, 단지 그가 행한 여러 기적 때문에 믿은 것도 아니었다. 사람들이 그를 믿고 추종한 데에는 또 다른 이유가 있었다.

예수는 바로 민중의 리더로서 민중을 이끌고 권력에 저항했기 때문에 수난당했던 것이다. 해방신학은 이 점을 놓쳐서는 안 된다고, 여기에 하느님의 계획과 의지가 숨어 있다고 설명한다. 하느님은 일부러 예수를 민중의 리더로 만들어 권력에 저항하고 민중을 돕고 해방시키게 했으며, 이것이야말로 그의 참된 역할이자 가장 중요한 특성이었다. 이 특성을 빼 버리면 예수가 죄 없이 수난당한 것의 의미는 대폭 줄어들고 만다.

만약 예수가 세상에 내려와 길을 가다 바위에 깔렸는데 그것을 눈치 챈 사람도 구해 주는 사람도 없어 고통 속에 죽었다면, 그것도 죄 없이 수난당한 것이지만 어떻게 의미가 같다고 할 수 있겠는가! 이렇게 보면 예수가 수난당한 것의 포인트는 '민중과 민중의 해방을 위해 죄 없이 수난당한' 데 있지 그저 '죄 없이 수난당한' 데 있지 않다.

이 세상의 해방을 추구하다

해방신학의 이론적 출발점은 예수가 죄 없이 수난당한 일을 '역사화'한 것이다. 그들이 본 예수는 기원전 1세기 나

182

사렛 지역에서 활동한 혁명의 리더였고, 그 정체성은 하느님의 아들로서 그의 정체성과 똑같이 중요했다. 하느님의 아들이라는 정체성만으로는, 죽은 뒤에 부활했다는 사실만으로는 예수그리스도의 존재가 성립될 수 없었을 것이며 그렇게 많은 이들이 진심으로 그를 믿을 수도 없었을 것이다.

예수는 어떤 방식으로 사람들을 해방시켰을까? 그전의 신앙은 예수가 죄 없이 수난당한 것에 집중하는 동시에 예수를 믿는 사람은 미래에 구원을 얻어 하느님의 나라에 들어갈 수 있음을 강조했다. 그리고 예수의 부활을 어떤 증명의 수단으로 간주하면서 예수가 정말로 하느님의 아들이라고 사람들이 믿게 했다. 인류의 경험에서 인간의 힘으로 넘어설 수 없는 절대적 경험은 바로 죽음이며, 예수는 부활을 통해 자신과 다른 사람들이 결코 같지 않음을 증명했다. 그렇다면 더 이야기할 게 뭐가 있겠는가? 부활은 예수가 확실히 하느님이 보낸 존재라는 것을 증명했다.

하지만 해방신학은 이런 이야기를 새롭게 서술하려 했다. 그 부분적인 이유는 해방신학을 발전시킨 사람들이 라틴아메리카의 종교적 환경에서 살았기 때문이다. 앞에서 이야기한 대로 그것은 생활 속에 신의 기적이 가득한 환경이었으며, 『백년의 고독』을 읽으면 죽음을 거스를 수 없는 것으로 여기지 않는 그 특수한 분위기를 느낄 수 있다. 산 자와 죽은 자 사이에 절대적인 경계가 없었으므로 그들에게 부활은 예수를 부각시키기에 부족했다. 그들은 이런저런 성자가 죽었다 부활했다는 여러 신빙성 있는 이야기를 들어 왔다. 부활은 결코 예수의 전유물이 아니었다.

해방신학의 새로운 서술에 따르면 예수의 부활은 세상에 대한 그의 사랑과 아쉬움을 선명하게 드러낸 데에 의의가 있다. 예수는 다른 방식으로, 예컨대 하늘을 날거나 큰불로 성을 불태우는 식으로 자신의 초월적인 정체성을 증명하는 대신 자신을 불의하게 대하고 못 박아 죽인 이 세상에서 부활하는 쪽을 택했다. 이것은 과연 무엇 때문일까? 예수는 분명 이 세상에서 대단히 굴욕적인 대우를 받았는데! 그는 충분히 이 세상에 돌아오지 않는 쪽을 택할 수도 있었다. 이 세상은 그가 결코 재림하고 싶지 않은 곳이 돼야 마땅했다. 그는 하느님의 아들인데도 여기에서 오해받고 고통받고 수치스러운 방식으로 도둑 사이에서 못박혀 죽었다. 따라서 이 세상을 사무치게 증오할 수도 있었다.

예수의 부활은 그의 박애를 보여 줄 뿐만 아니라 더 나아가 세상에서 그가 해방을 추구했음을 보여 준다. 그 해방은 머나먼 하느님 나라의 행복보다 인간의 나라에서 행하는 실천과 관련이 있었다. 그렇지 않으면 예수가 이 세상에서 부활할 이유가 없었다.

예수의 삶에 대한 이런 새로운 해석을 통해 해방신학은 현실적이고 실천적인 신학을 수립했다. 해방신학에 따르면 진정으로 예수를 믿는 신부는 예수의 정신을 본받아 혁명의 리더가 돼야 한다. 하느님 나라의 중요성은 인간의 나라보다 못하다. 그렇지 않다면 하느님의 나라로 돌아가 편안히 보좌에 앉을 수도 있었던 예수가 인간의 나라에서 부활할 필요도 없었을 것이다. 예수가 바랐던 것은 이 세상의 해방이었다. 이 세속적인 해방이야말로 예수가 자나 깨나 잊지 못한 목표였다. 만약 세상 사람들에게 회개하여 하느님의 나라로 가라고 권하는 것만이 목표였다면 그는 유대인을 이끌고 로마에 저항할 필요도, 그 일을 마친 후 굳이 부활할 필요는 더더욱 없었을 것이다.

해방신학이 하느님의 나라와 인간의 나라가 갖는 중요성을 역전시킨 잠재적 목표와 현저한 효과로 인해 라틴아메리카 지식인은 소련에 대한 환상에서 깨어나 서구 지식인처럼 자신의 좌파 사상과 이론의 현지화에 착수할 수 있었다. 그리고 그 과정에서 또 다른 근본 문제, 즉 '해방lib-eration이란 무엇인가'가 도출되었다. 그런데 해방신학은 역시 신학 이론이라는 한계 때문에 무엇에서 해방돼야 하는지, 무슨 힘과 제약 또는 족쇄에서 해방돼야 하는지에 대해 가장 뛰어나고 훌륭한 답을 제시하지는 못했다. 그 답은 해방신학이 촉발한 또 하나의 중요한 사상 조류인 종속이론이 제시하게 된다.

해방신학은 정식으로 해방의 주제를 제시하면서 우선 예수 그리스도가 유대인을 이끌고 로마의 폭정으로부터 해방을 추구했다고 주장했다. 그런데 뒤이어 현실에서 라틴아메리카와 민중의 해방을 추구하려면 무엇보다도 라틴아메리카 사회와 민중을 압박하는 게 무엇인지 이해해야 했다. 이 부분에서는 종속이론이 과거의 어떤 혁명이론보다 더 멀면서도 더 가까이 나아갔다. 왜냐하면 어떤 보편 원칙을 끌어오지 않고 줄곧 라틴아메리카의 특수한 상황을 이론적 근거로 삼았기 때문이다. 종속이론은 라틴아메리카의 현실에 맞춰 압박자의 이미지에 중대한 수정을 가했다.

경제식민주의

압박이 거론되면 곧바로 권력과 권력자, 즉 독재자와 정부와 국가가 떠오른다. 좌파 지식인은 당연히 좀 더 생각하여 제국과 제국주의와 제국주의의 강권을 떠올린다. 이 부분에서 종속이론은 매우 성실하게 라틴아메리카 역사 발전의 두 가지 특성과 마주했다.

첫 번째는 라틴아메리카에서 구舊제국주의 세력의 직접적인 압박은 오래전에 사라졌다는 것이다. 19세기 초에 라틴아메리카 국가들은 앞다퉈 독립했고, 1832년 이전에 스페인과 포르투갈은 그곳을 떠났다. 라틴아메리카는 더 이상 식민지가 아니었고, 그 국가들을 짓누르는 제국의 식민자도 없었으며, 제국이 파견한 총독이 국가를 통치하지도 않았다. 제국주의가 이미 떠난 이상 더는 제국주의에 저항할 필요도, 저항할 방법도 없었다. 인도가 계속 제국주의에 저항했던 것은 1948년이 돼서야 겨우 독립하고 또 오랫동안 대영제국이 인도 민중을 압박하고 인도에서 직접적인 이익을 취하는 동시에 인도인을 식민지의 하등 인종으로 간주했기 때문이다. 하지만 라틴아메리카는 확실히 그렇지 않았다.

두 번째, 압제의 원천이 국가라고 한다면 라틴아메리

카 국가들은 100년 동안 끝없이 반복해서 쿠데타와 내전 등의 방식으로 정권이 바뀌고 각종 정치체제가 들어서는가 하면, 다양한 출신 성분과 신념을 가진 통치자가 허구한 날 교체되었다. 그런데도 왜 민중은 압박받는 상태에서 벗어나지 못한 걸까?

이런 특성을 참작해 종속이론은 논리의 방향과 분석의 단위를 조정했다. 초점을 전통적인 제국주의의 강권 구조에서 다른 곳으로 옮기고, 국가 단위가 아니라 라틴아메리카를 압박받는 단일 대상으로 삼아 라틴아메리카가 어떻게 장기간 미국 자본주의의 통치를 받았는지 분석했다.

종속이론은 라틴아메리카 전체를 설명하는 이론으로 그 압박의 주체는 바로 미국이라고 직접적으로 명시했다. 그런데 미국은 라틴아메리카를 통치하지도, 총독이나 군대를 파견하지도 않았다. 그렇다면 미국은, 미국의 강권과 압박은 어디에 있었을까? 바로 그들의 다국적기업과 자본 운용에 숨어 있었고, 이것은 일종의 경제식민주의였다.

이런 논점에 대해 미국은 분명 억울해하면서 너무 배은망덕한 주장이라고 할 것이다. 19세기부터 미국은 라틴아메리카에 많은 돈을 투자했고, 라틴아메리카 도시의 인프라는 대부분 미국의 원조나 차관으로 건설되었다. 현대화 과정에서 미국 다국적기업의 역할이 없었다면 라틴아메리카는 스스로 할 수 있는 일이 많지 않았을 것이다. 확실히 미국은 라틴아메리카 발전에 크게 기여했다.

'발전'을 어떻게 봐야 하는가

'발전'은 포인트가 발전, 특히 경제 발전에 있다. 라틴아메리카 경제 발전의 많은 부분이 미국의 원조에서 비롯되었음을 부인할 수 있는 사람은 없다. 그렇다면 미국은 라틴아메리카의 은인인 게 맞는데 어째서 거꾸로 압박의 주체로 지목된 것일까? 왜냐하면 미국의 원조로 라틴아메리카에서 진행된 것은 일종의 종속적 발전이었기 때문이다. 라틴아메리카의 경제 발전은 미국에 종속된 상태로만 진행되었다.

우리는 '성장 없는 발전'Development without Growth이라는 핵심 개념에 주목할 필요가 있다. 미국의 원조를 받은 뒤로 라틴아메리카 경제의 기본 구조가 현대화되고 경제 수치가 올라간 것은 맞다. 하지만 그런 경제 발전은 진정한 성장이 아니었다. 발전과 성장을 어떻게 구분하고 판단할까? 한 가지 간단한 판단 기준은 바로 누가 경제 발전의 소득을 가져가느냐다. 미국 자본이 들어와 콜롬비아의 철도 부설을 도와주기는 했다. 미국 자본이 없었다면 콜롬비아에는 철도가 놓이지 못했을 것이며, 그것은 진보이자 경제적인 발전이었다. 하지만 철도가 놓인 목적은 콜롬비아 연해의 바나나 농장을 연결해 농장에서 산출된 이익을 더 편리하게 미국으로 보내기 위해서였다. 이런 발전은 콜롬비아가 아니라 미국의 경제 성장을 위해 계획된 것이었다.

또 하나의 핵심 개념은 '자원의 잘못된 배치'Mislocation of Resources다. 미국 경제 성장의 각도에서 라틴아메리카를 개발했기 때문에 그 과정에서 라틴아메리카의 자원 배치는 라틴아메리카의 경제 성장에 이바지하는 것을 원칙으로 이뤄지지 못했다. 그래서 본래 더 효과적일 수 있었던 자원 활용이 미국에 무익하다는 이유로 보류되고 상대적으로 라틴아메리카에는 효율성이 떨어지는 자원 배치 방식이 미국에 유리하다는 이유로 채택되었다. 이로 인해 필연적으로 엄청난 낭비가 초래되었다.

우리는 한 가지 간단한 비유로 종속이론의 기본적 분석틀을 설명할 수 있다. 만약 어느 거리 모퉁이에 자동판매기 한 대가 있고 우리가 매번 가서 돈을 넣을 때마다 음료수가 한 병이 아니라 두 병씩 나온다고 해 보자. 옆의 다른 자동판매기는 한 병밖에 안 나오는데 말이다. 그렇다면 이 자동판매기는 좋은 기계일까?

겉으로만 보면 이 자동판매기는 다른 자동판매기보다 두 배의 음료수를 주니 당연히 좋은 기계다. 하지만 아직 결론을 내리기에는 이르다. 좀 더 생각해 볼 필요가 있다. 우리는 한 가지 일을 잊었거나 한 가지 전제에 대한 점검을 빼먹은 듯하다. 우리는 두 병의 음료수를 얻기 위해 자동판매기에 돈을 얼마나 넣었을까? 이것을 점검하고 나서야 다른 자동판매기에 넣는 돈보다 다섯 배나 많은 돈을 넣었음을 깨닫는다. 다섯 배의 돈을 쓰고 음료수 두 병을 얻었다면 그래도 이 자동판매기가 좋은 기계일까?

종속이론의 입장에서 라틴아메리카의 경제 발전은 이런 자동판매기와 같았다. 얻은 것만 보면 다른 자동판매기보다 훨씬 많고 발전도 있고 진보도 있었다. 그런데 미국인은 두 병의 음료수에 주목하라고 했을 뿐 도대체 얼마나 많은 대가를 치러야 하는지는 알려 주지도, 보여 주지도 않았다. 미국인이 오기 전까지 라틴아메리카 경제라는 기계에서는 한 번에 한 병의 음료수만 나왔다. 미국인이 오고 나서야 한 번에 두 병이 나오기 시작했다. 하지만 알고 보면 그 기계는 먼저 다섯 배나 많은 자원을 착취하고 나서 두 배의 성과를 돌려준 셈이었다. 이런 식이라면 과연 수지타산이 맞는다고 할 수 있을까?

철도, 도로, 항구, 부두, 공장 등 모든 것이 기계에 넣을 그 다섯 배의 자원을 얻기 위해 설치한 도구였다. 더 나아가 독재 성격의 정부 체제조차 모두 똑같은 성격의 도구였다. 다시 자동판매기에 비유해 이야기해 보면 다른 자동판매기는 1달러를 넣으면 한 병이 나오는데 내 앞의 자동판매기는 꼭 5달러를 넣어야 두 병이 나오고, 나는 두 병이 필요하긴 하지만 주머니에 5달러가 없다고 해 보자. 이때 무슨일이 일어났을까? 갑자기 험상궂은 사내가 나타나서 내 목을 조르고 옷을 벗겨 저당을 잡는가 하면 내 저녁밥의 절반을 빼앗아 갔다. 그리고 내 손에 빗자루를 쥐여 주고 시간당 20센트에 청소 일을 시켜서 결국 5달러를 쥐어짜 자동판매기에 넣게 했다. 아마도 내 목을 틀어쥔 그 험상궂은 사내가 없었다면 그 5달러도 없었을 것이다. 적어도 나는 그렇게까지 해서 5달러를 자동판매기에 넣고 싶지는 않았을 것이다.

정부와 국가의 매판화

그렇게 많은 자원을 착취하려면 본래 다른 데 써야 하는 자원을 강제로 그 체계에 투여하도록 민중을 압박해 미국에는 필요하지만 라틴아메리카 사회에는 필요치 않은 경제활동을 일으키는 메커니즘이 있어야 했다. 이에 자원의 왜곡되고 잘못된 배치가 이뤄지면서 필연적으로 '정부의 매판화'가 뒤따랐으며 심지어 '국가의 매판화' 현상까지 연출되었다.

정부의 매판화와 국가의 매판화는 완전히 똑같지는 않았다. 이른바 정부의 매판화란 통치자가 통치권을 얻고 권력의 최고 지위를 유지하기 위해 선결 조건으로 미국의 요구에 영합하고 미국이 자국 민중의 자원을 착취하도록 돕는 것을, 오직 그런 사람만이 통치자가 될 수 있음을 뜻했다. 그러면 혁명은 왜 소용이 없었을까? 이 사람이 저 사람으로 바뀌어도 민중의 상황은 바뀌지 않았다. 왜냐하면 혁명은 정부의 지도자를 바꿨을 뿐 정부 뒤의 진정한 보스, 진정한 실력자인 미국을 건드리지는 못했기 때문이다. 바뀐 지도자는 만약 미국에 협조하지 않으면 금세 새로운 혁명에 의해 자리를 빼앗기거나 쥐도 새도 모르게 납치당하고 실종되었다. 이것이 바로 정부의 매판화이며, 라틴아메리카 정부들은 잇달아 미국 기업의 대리자로 전락했다.

그러면 국가의 매판화는 무엇이었을까? 그러한 통치와 경제 착취 메커니즘을 유지하기 위해 미국 세력은 정부

안에 자신의 대리인을 육성했을 뿐 아니라 사회에도 매판 계층을 공들여 조성했다. 그들에게 미국의 이익을 나눠 주어 '성장 없는 발전'의 수익 집단으로 만듦으로써 현지 사회에 대한 미국의 통제 효과를 갈수록 강화했다.

예컨대 10년간의 경제 발전으로 창출한 100달러의 부 가운데 겨우 20달러의 부만 콜롬비아에 남겨 둔다면 콜롬비아는 어느 정도나 성장할 수 있겠는가? 더욱이 미국은 특정 계층을 신경 써서 조성하고 관리해 그 계층이 20달러 중 12달러를 가져가게 했다. 그래서 첫째, 매판 계층의 이익은 미국의 이익과 밀접한 관련이 있어서 미국이 더 많이 가져갈수록 그들도 덩달아 더 많이 가져갔다. 그들은 당연히 목숨을 걸고 미국을 도왔다. 둘째, 그 계층은 최신 상품을 소비하는 경제적 역할도 담당했다.

만약 12달러를 콜롬비아 국민에게 똑같이 나눠 줬다면 각각의 수중에는 아주 적은 돈만 돌아갔을 테고, 그러면 아무도 미국이 만든 냉장고를 사거나 비행기를 타고 미국으로 여행을 갈 수 없었을 것이다. 하지만 정반대로 그 부가 소수 계층에게 집중되었기에 그들은 미국 물건을 살 경제적 여건이 되었고 수입품 소비 형식으로 그 부까지 미국에 넘겨주었다. 이것은 한 단계 더 늘어난 착취였으며, 이런 다중 메커니즘으로 인해 처음에는 표면상 100달러의 성과를 거둔 듯했던 경제 발전이 최종적으로 콜롬비아를 위해 산출한 진정으로 의미 있는 집단적 부는 겨우 8달러에 불과했다!

압박자에게 감사하는 부조리

콜롬비아 사람들은 정말로 자신의 발전을 '도와준' 미국 세력에 경의와 감사를 표시해야 했을까? 입으로 뭐라고 했든 간에 미국은 실제로 그들을 도와준 적이 없었다. 단지 라틴아메리카의 발전을 '이끌었을' 뿐이며, 그 발전은 '비자율적 발전'이었다. 라틴아메리카에는 자율적 결정권이 없었다. 미국 자본의 이익에 종속된 채 남의 도구가 될 수밖에 없었다.

종속이론이 이야기한 것은 경제 분야의 '종속적 발전'이 가져온 갖가지 영향이다. 종속이론은 경제 현상에서 출발하기는 했지만 그 분석의 범위는 경제에 국한되지 않았다. 라틴아메리카 국가들을 그런 종속 관계에 묶어 두기 위해 당연히 의식적 심리적 차원의 조작도 동원되었기 때문이다.

다시 한번 자동판매기 비유로 이야기해 보자. 명백히

목이 졸린 채 자신의 재산과 노동력을 자동판매기에 집어넣으면서도 사람들은 반항하지 않고 오히려 두 병의 음료수가 나오는 것을 보며 기쁨과 위로를 느꼈다. 이런 의식과 심리는 어떻게 생긴 것일까? 이는 단지 경제적 차원의 문제만도, 정치적 차원의 문제만도 아니고 이른바 '의식의 부조리'에 해당하는 문제다. 사람이 어떻게 다른 사람에게 괴롭힘을 당한 경험을 잊고 도리어 자기를 괴롭힌 사람에게 감사할 수 있을까? 이것은 얼마나 부조리한 일인가!

의식의 부조리에 대한 종속이론의 성찰은 '라틴아메리카 시대'의 사상 조류에서 매우 중요한 비중을 차지했고 그들은 진보와 발전에 중점을 둔 어떤 '신화'myth를 성찰했다. 그것은 어떤 신화였을까? 오늘이 어제보다 나은 게 진보이고 내일이 오늘보다 나쁜 게 퇴보라는 것이었다. 하지만 '진보의 신화'에서 진보 자체가 절대화되는 바람에 사람들은 선입견에 치우쳐 내일이 반드시 오늘보다 좋고 모레도 반드시 내일보다 좋다고 믿었다.

그것은 엄청난 기만이었다. 누군가 시대가 언제나 진보하며 내일이 오늘보다 낫게 마련이라고 믿는다면 행복하게 살 수는 있다. 매일 아침 눈을 뜨자마자 '나는 어제보다 나은 상태야'라고 생각할 테니 당연히 의욕이 넘친다. 이처럼 진보는 판단과 결정이 요구되는 현상이 아니라 일종의 신앙이 돼 버렸다. 사람들은 "어제 8달러를 벌었는데 오늘은 얼마를 벌 수 있을까?" 생각하는 대신 어제의 8달러는 자동적으로 까맣게 잊고서 어쨌든 오늘은 틀림없이 더 나을 것이라고 믿었다.

이 배경을 토대로 우리는 더 나아가 『백년의 고독』과 동시대 다른 라틴아메리카 소설들이 어째서 그렇게 시간에 주의를 기울였는지 이해해야만 한다. 왜냐하면 시간은 단순하고 객관적인 현상이 아니기 때문이었다. 해방신학과 종속이론을 사유하는 사람들이 보기에 시간은 날조된 믿음, 날조된 이데올로기였다. 미국 자본과 매판 정부와 매판 계층은 힘을 합쳐 사람들이 진보와 일직선적 시간관을 믿게 만들었다. 그 시간관에서는 1분 1초가 다 새로운 것의 출현과 새로운 것이 반드시 본래의 낡은 것보다 더 낫다는 것을 의미했다.

마르케스는 일직선적이지 않은 시간을 서술했다. 마콘도는 그 시간 속에서 공전을 거듭하다 점차 폐허가 돼 버렸다. 마르케스는 미국이 가져온 유치하고 단순한 일직선적 시간과 내일이 항상 오늘보다 진보한다는 거짓 믿음에 도전한 것이다. 『백년의 고독』을 읽으면서 그 안에 그려진 사회가 진보와 발전 속에 있다고 느끼는 사람은 없을 것이다. 모든 일이 끝없이 반복되고 또 반복될 뿐인데 시간이 어떻게 일직선으로 진보를 향해 나아간단 말인가? 시간은 계속 돌고 돌 뿐이다.

라틴아메리카 사람들은 충돌하는 시간 의식 속에서 살고 있었다. 한편으로는 남이 주입한 일직선적 시간을 의식하면서 다른 한편으로는 끝없이 반복되고 또 반복되는 시간을 체감했다. 라틴아메리카 독자들은 『백년의 고독』에서 마르케스가 자신들의 모순을 그렇게 사실적으로 그려낸 것에 크게 감동했다.

사회의 집단기억에 대한 조작

라틴아메리카 민중의 감수성을 조작해 그들이 박해받은 과정을 잊고 미국 자본이 가져다준 발전에만 주목하게 한 일의 또 다른 포인트는 사람들의 기억을 조작한 것이다. 사회의 집단기억 조작은 20세기 통치 기술의 거대한 진전이었다. 20세기 이전에는 아무리 사납고 잔인한 폭군도 사람들의 기억을 조작하는 능력까지는 갖지 못했다. 그런데 20세기에 들어와 새로운 전체주의 정권이 그것을 완성했고, 사실상 감각과 기억을 통제한 그 기술 체계야말로 전체주의를 전체주의로 만든 관건이었다.

통치자가 국가의 힘으로 공동의 경험과 기억을 지움으로써 분명히 일어났던 사건을 모두가 잊게 되었다. 남들이 다 잊었기 때문에 아직 기억하는 사람들까지 덩달아 자신의 기억을 의심하게 되었다. 본래 우리가 직접 경험한 일은 듣고 읽은 것보다 더 인상이 깊고 잊기 어렵다. 그러나 기억이 조작되는 사회에서는 다들 자기 경험의 경계선이 도대체 어디까지인지, 무엇이 정말로 경험한 것이고 무엇이 아닌지 그리고 자신의 경험이 참되고 부정할 수 없는 것임을 어떻게 확인해야 하는지 분간하기 어렵다.

이런 부조리한 충격은 소설의 서술 방식에까지 영향을 끼쳤다. 본래 서구 리얼리즘문학의 서사는 "나는 내가 경험한 현실을 글로 쓸 수 있다"는 전제 위에 수립되었다. 리얼리즘의 기초는 당연히 작가 본인의 경험이며 이것을 바탕으로 다른 사람의 경험도 흡수하고 상상한다. 만약 작가가 자신의 경험이 지닌 진실성과 현실성을 판단할 능력을 잃는다면 어떻게 사실을 기술하겠는가? 아예 현실의 경계를 못 찾는데 어떻게 글을 쓸 수 있겠는가?

이것은 마술적 리얼리즘의 또 다른 역사적 유래이기도 하다. 마술적 리얼리즘은 환상과 현실 사이의 복잡한 변증법이었다.

진보의 신화는 현실을 모방하는 방식으로 갖가지 의식적인 수단과 선전을 활용함으로써 사람들이 자기가 '정말로' 꾸준히 진보하는 사회에 산다고 생각하게 만들었다. 진보는 사실이었을까? 아니었다. 진보는 일종의 환각이고 일종의 환상이라고도 할 수 있었다. 진실 같기는 했지만 라틴아메리카 민중의 일상생활을 둘러싸고 있던 그것은 본질적으로 허상이었다.

라틴아메리카에 뿌리내린 마술적 리얼리즘

철도를 예로 들어 보자. 철도는 실제로 부설되었지만 또 다른 관점에서 보면 현지 사람들과 거의 어떠한 직접적 관계도 없었다. 그것은 환상처럼 존재하고 기차도 환상처럼 지나다녔다. 철도와 기차가 현실화된 것은 언제부터였을까? 학살당한 수많은 사람의 시체를 운반할 때 기차는 비로소 마콘도 사람들과 직접적 관계가 생겼다. 그것은 슬프고 침통한 관계였다.

그런데 기차가 시체를 싣고 갔는데도 대학살은 마치 일어난 적이 없는 듯했다. 대학살을 인정하는 사람도, 대학살이 정말로 일어났다고 주장하는 사람도 없었다. 실제로 일어난 사건이 환상으로 탈바꿈했다. 증명할 길 없는 기억이 환상이 돼 버린 것이다. 현실과 환상이 끊임없이 서로 교차하고 뒤얽히고 자리를 바꿨다. 그리고 환상처럼 보이는 것을 받아들이지도 인정하지도 않아야 참되다는 선전이 대대적으로 행해졌다. 오직 진실과 환상 양자를 동시에 드러내고 서로 뒤얽힌 그 변증법적 관계를 보여 줘야만 비로소 기억이 통제되고 진실이 계속 고쳐지는 사회를 건드리고 그 내적 부조리와 부조리에 담긴 의미를 찾아낼 수 있었다. 이것이 바로 마술적 리얼리즘의 사회적 배경이자 근원이다.

　문화대혁명 이후 새로 등장한 중국 현대문학은 매우 자연스럽게 마술적 리얼리즘의 정신과 기법을 도입했다. 근본적으로 문화대혁명도 이성적 글쓰기로는 구현하기 힘든 10년간의 부조리한 경험이었기 때문이다. 그렇게 부조리한 시대와 상황은 부조리의 심연을 깊이 파고들 수 있는 수단을 동원해야만 생생하게 이야기할 수 있었으며, 그래서 마술적 리얼리즘은 결코 단순한 문학적 유희나 기법에 그치지 않았다. 참된 것을 거짓된 것으로 쓰고 거짓된 것을 참된 것으로 써서 참된 것을 거짓된 것처럼, 거짓된 것을 참된 것처럼 보이게 하는 것이 마술적 리얼리즘은 아닌 것이다.

앞에서 강조했듯이 라틴아메리카의 마술적 리얼리즘은 판타지문학과는 다르다. 마술적 리얼리즘은 대단히 현실적이고 실제적인 사회의식 운동의 산물이어서 우리는 그것을 종속이론과 해방신학과 연동되는 역사적 맥락에서 이해하고 그 안의 어려움과 심각성을 헤아려야 한다. 그것은 라틴아메리카의 특수한 운명과 고통의 압박 속에서 작가들이 가까스로 찾아낸 길이었다.

그 길을 찾기까지 그들은 오랜 탐색 과정을 거쳤으며 그 과정은 당연히 내가 설명한 것처럼 그렇게 순차적이지는 않았다. 해방신학에서 종속이론 그리고 마술적 리얼리즘에 이르는 설명은 그것 사이의 논리적 관계일 뿐 그 역사적이며 실제적인 발전은 그런 순서로 전개되지 않고 중간에 무수한 교차와 갈라짐과 더 나아가 충돌과 모순이 있었다. 하지만 이 세 사조가 하나로 합쳐진 이유는 명확하면서도 실제적이다. 그것은 착취와 기만에 시달려 슬프고 무기력해진 사회가 고통받는 것을 넘어 고통받는 사실을 기록할 의식과 기본 도구마저 제거당한 것이었다.

『백년의 고독』은 자유당과 보수당의 내전이 아니라 내전에서 맞붙어 싸운 적은 사실 가짜이고 진정한 적은 찾을 수 없는 곳에 은밀히 숨어 있었음을 서술하려 했다. 소설은 거짓된 명분과 환상을 헤치고 진정한 적을 폭로한다.

상상의 질서

이 세 사조는 민중에게 믿음과 힘을 줄 방법을 모색해 "우리는 무력하지 않으며 방법이 없지도 않습니다. 우리 뒤에는 거대한 힘이 있습니다"라고 말했다. 해방신학은 예수그리스도가 민중의 편이고 그 자신이 혁명가로서 라틴아메리카 민중이 미국에 대항하듯 로마에 대항했다고 지적했다. 종속이론은 명확한 경제 수치를 제시해 가난이 노력의 부족이나 무슨 숙명 때문이 아니라 매판 경제와 종속적 발전에서 비롯한 불행한 결과임을 모두에게 알렸다. 나아가 돈 많은 매판을 부러워하지 말고 그런 종속적 경제구조에서 벗어나기 위해 힘써야 한다고 역설했다.

이런 개념들이 하나로 합쳐져 그 20~30년 동안 인류 문명에 라틴아메리카가 특수한 공헌을 할 수 있었다. 내 오랜 친구 천촨싱陳傳興 교수의 말을 빌리면 그들은 어떤 '상상의 질서'를 창조했다. 인류 사회의 새로운 질서를 상상해내고 그 새로운 질서에 대응하는 다양한 분야를 계획했다. 라틴아메리카 민중이 세 사조에 의지해 완전한 해방에 이

른 것은 아니지만, 그 거대한 물결이 구축한 상상의 질서는
다른 지역으로 전파되어 문명의 질서와 관련한 더 많은 이
들의 선택에 영향을 끼쳤다.

『백년의 고독』을 다 읽고 나면 이 책이 또 다른 책이나 또 다른 원고의 필사transcription 같다는 느낌이 든다. 결말부에서 6대 아우렐리아노는 돼지 꼬리가 달린 아기를 얻는데 그 아기를 개미떼가 들고 가 버린다. 소설의 진정한 끝은 부엔디아 가문의 완전한 종말이 아니라 아우렐리아노가 불현듯 그 모든 일이 애초에 집시 예언자 멜키아데스의 양피지로 된 유고에 적혀 있었음을 깨닫는 것이다. 그는 유고를 찾아내 가문의 100년간에 걸친 모든 경과가 가득 적혀 있는 것을 발견했다. 그가 유고를 해독한 뒤 부엔디아 가문은 다시 출현하지 않았고 마콘도 마을도 뒤따라 사라졌다. 마치 과거에 존재한 적도 없는 것처럼.

운명과 자유의지

이것은 소설 자체에 내재된 '메타텍스트성'이며 이런 글쓰기 수법은 또 하나의 거대한 과제를 소환한다. 그것은 서양 기독교 신학의 '예정론'과 관련이 있다. 기독교 교리에서 하느님은 못하는 것도 모르는 것도 존재하지 않는 곳도 없다. 하지만 하느님이 정말로 못하는 것도 모르는 것도 존재하지 않는 곳도 없다면 하느님은 언제든 모든 일에 간섭하고 모든 일을 바꿀 수 있다. 그런 상황에서 인간이 살아가는 의미는 과연 무엇일까? 우리가 하는 어떤 일도 하느님이 허락하고 심지어 우리가 하도록 계획한 범주를 절대로 못 벗어난다면 말이다. 만약 모든 사람의 삶의 각본이 하느님에 의해 전부 쓰인 것이라면 우리의 자아, 우리의 자유, 우리의 선택은 죄다 거짓이란 말인가?

『백년의 고독』 결말부에 나타난 그 유고에는 가문의 1대 선조(호세 아르카디오 부엔디아)가 나무에 묶이고 마지막 자손은 개미떼가 들고 간다는 내용이 적혀 있었다. 다시 말해 소설 속 부엔디아 가문의 처음과 끝이 아직 현실화되기도 전에 기록되었던 것이다.

『백년의 고독』은 부엔디아 가문에서 100년 동안 벌어진 일을 서술하고 마지막에 그 내용이 사실 일찍부터 멜키아데스의 신비한 유고에 예언 형식으로 적혀 있었음을 폭로한다. 이것은 우리를 운명과 자유의지에 관한 고민에 빠뜨리는 마르케스의 술책이다. 그러나 소설의 전개 과정에서는 어느 페이지를 펼쳐 봐도 직접적으로든 간접적으로든 인물들이 자율적 의식으로 일을 벌이는 게 아니라고 알려주는 신호를 찾아볼 수 없다. 그렇다면 그들의 자율적 의식은 무엇이었을까?

우리는 언제 자신의 운명을 알까? 모든 것이 끝나고 나서야 비로소 운명이 무엇이었는지, 운명이 어떻게 우리를 좌지우지했는지 알게 된다. 예언이 진실되고 부엔디아 가문 사람들이 벗어날 수도 저항할 수도 없는 운명에 조종당한 것은 바로 유고에 무슨 결과가 안배되어 있는지 미리아는 게 불가능했기 때문이다.

6대 아우렐리아노는 유고의 내용을 해독한 인물이다. 그는 당연히 자신의 운명이 무엇이고 결말이 어떨지 서둘러 보고 싶은 충동을 느꼈다. 그래서 소설의 마지막 페이지 맨 마지막 문단을 보면 이런 내용이 나온다.

아우렐리아노는 너무 잘 알고 있는 과거 사건에 시간을 허비하지 않기 위해 열한 쪽을 건너뛰었고, 자신이 살아 가고 있는 현재 순간을 해독하기 시작해, 시간 순서에 따라 앞으로 해독해 나갔으며, 양피지의 마지막 쪽을 해독 하는 행위에서는 그 자신이 말하는 거울을 들여다보고 있기라도 하듯 자신의 미래를 예언하고 있었다. 그때 예 언을 미리 알고 있던 그는 자신이 죽는 날짜와 그 상황 을 알아보기 위해 다시 건너뛰었다.(『백년의 고독』 2권, 318~319쪽)

그는 미리 자신의 결말을 알려 했지만 알아도 소용이 없었다. 유고의 예언에는 그가 유고를 해독해 예언을 알게 되는 일조차 적혀 있었으며, 그가 유고 해독을 마친 순간 "그 거울의 도시(또는 신기루들)는 바람에 의해 부서질 것 이고, 인간의 기억으로부터 사라져 버릴 것"이라고 예견되 어 있었기 때문이다.

아우렐리아노가 유고를 해독해 운명으로 정해져 있던 가문의 모든 일을 알아내는 것까지 운명으로 정해져 있었 다. 운명으로 정해진 일은 오직 일이 다 벌어진 뒤에야 사람 들에게 알려 준다. 예언을 통해 그다음에 어떻게 해야 할지 이해하려는 것은 불가능하다고 말이다. 인간은 흔히 예언을 알고 나면 자유의지로 부자유하고 운명으로 정해진 일을 바꾸려 한다. 만약 바뀐다면 예언은 더 이상 운명을 지시하는 예언이 아니게 된다.

미리 알지 못하는 예언

누구에게도 미리 내용을 들키지 않아야 예언은 하느님의 의지와 거의 비슷할 수 있으며, 하느님의 계획은 보통 어떤 곳에서든 사람들을 통제한다. 사람들이 예언을 목격하고 그것이 예언이라는 사실을 아는 시점은 언제일까? 바로 모든 게 다 끝나고 뒤를 돌아본 순간, 모든 일이 아직 일어나기도 전에 이미 과정과 결과가 다 쓰였다는 사실을 깨달았을 때다.

그렇다면 예언이 존재하든 아니든 무슨 차이가 있을까? 예언이 존재해도 일이 발생하기 전까지는 예언을 알지 못해 예언이 예측한 결과를 바꿀 수가 없다. 이러면 예언이 있든 없든 아무 차이도 없는 게 아닐까?

지금 연애 중인 사람이 그 연애가 장차 어떻게 될지 몹시 알고 싶어 한다고 치자. 만약 정말로 미래를 알려 주는 예언이 있고 그것이 어느 사당의 잠언시에 "3월 19일 두 사람은 영화관 앞에서 크게 싸워 헤어질 것이다"라고 적혀 있다면, 그 사람은 어떻게든 예언의 결과를 바꾸려고 절대로 그날 영화관에 안 갈 것이다. 그래야만 우리는 결과에 개입할 기회를 얻을 수 있다.

하지만 그러면 예언은 정확성을 잃고 뒤집혀 버린다. 마르케스는 『백년의 고독』에서 그런 식으로 예언이나 운명을 다루지 않는다. 예를 들면 그는 3월 19일이 지나고 나서야, 그러니까 영화관 앞에서 말다툼이 벌어지고 나서야 그 사람에게 "아, 지난 1월 8일에 사당에서 잠언시를 봤는데 지금 생각해 보니 당신의 연애가 깨진다는 내용이었어요!"라고 말해 주는 식으로 이야기한다.

그런 말을 들으면 누구든 "왜 미리 얘기해 주지 않았죠?"라고 흥분하지 않을까? 그러나 미리 얘기해 줬다면 역시 예언은 예언이 아니게 됐을 것이다.

사실 『백년의 고독』은 마지막에 삶은 무엇이고 운명은 무엇인지 선택하라고 우리를 시험한다. 유고가 있는 것과 없는 것은 의미상 어떤 차이가 있을까? 만약 유고가 없고 아우렐리아노가 거기에 적힌 예언 내용을 해독하지 못했다면 『백년의 고독』이 기록한 부엔디아 가문에서 100년에 걸쳐 일어난 일은 의미가 줄어들었을까? 어떤 관점에서 보면 아우렐리아노가 마지막에 유고 내용을 해독했든 못했든 100년간의 그 일은 어쨌든 일어나고 또 필연적으로 일어날 수밖에 없었다.

그러나 또 다른 관점에서 보면 예언 형식의 유고가 추가돼 모든 서사를 포괄함으로써 우선 이 책은 더 이상 하나의 이야기나 기록, 심지어 한 권의 소설에 머물지 않게 되었다. 이것은 하나의 예언, 한 권의 운명의 책이 되었다. 부엔디아 가문에서 실제로 생긴 일을 서술하고 기록한 게 아니라 어떤 거대하고 초월적인 힘이 부엔디아 가문에 무슨 일이 일어나도록 결정했는지, 또 부엔디아 가문은 예언의 요구와 규정에 따라 그것을 어떻게 하나하나 현실화했는지 기록했기 때문이다.

그다음으로 인간의 처지와 생존을 좌지우지하는 어떤 거대하고 초월적인 힘을 부각시켰다. 사람들은 보통 자기가 맞닥뜨리는 일이 자신의 결정에서 기인한다고 믿지만 상상 속의 그런 자유의지는 사실 거짓이다.

왜 소설에서 앞의 두 가지 작용을 창출하려 했을까? 서사를 예언으로 바꾸고 하느님이나 심지어 하느님보다 더 큰 존재를 그 위에 자리하게 한 이유는 무엇일까? 가장 중요한 이유는 마르케스가 주관적으로 이 책을 라틴아메리카 역사에 관한 하나의 은유로 생각하며 썼기 때문이다.

하느님의 장난

초창기에 『백년의 고독』을 읽은 라틴아메리카 독자들이 마르케스에게 감동한 것은 그가 자신들의 집단적 의혹을 용감하게 건드렸기 때문이다. 그 의혹은 자신들이 아무리 노력해도 왜 라틴아메리카 국가들의 역사는 같은 자리에서 맴도는 것 같냐는 것이었다. 마르케스는 시간이라는 주제와 순환적 시간의 글쓰기로 라틴아메리카 민중의 그런 무기력한 느낌을 선명하게 드러냈을 뿐만 아니라 마지막에 그들에게 강력한 한 방을 날리기까지 했다. 운명이니 단념하라고, 우리 역사의 배후에는 진작에 완성된 어떤 텍스트가 있으며 우리는 거기 적힌 예언대로 똑같은 시나리오를 되풀이할 뿐이라고 말이다.

그래서 인간은 무엇이라는 건가? 적어도 라틴아메리카에 사는 민중이 본 바는 이랬다. 그들은 스스로 주변 환경과 맞서고 싸우면서 이길 때도 질 때도 있고, 혁명을 일으킬 때도 혁명을 제압당할 때도 있고, 자유당을 지지할 때도 보수당을 지지할 때도 있었다. 하지만 그 모든 것은 다 거짓이었다. 유일하게 참된 것은 일찍이 유고에 적힌 그 예언뿐이었다. 한층 더 거대하고 모든 인간의 운명을 좌지우지하는 그 힘이었다.

어째서 『백년의 고독』은 라틴아메리카에서 출판되자마자 베스트셀러가 되었을까? 본래부터 라틴아메리카 독자들의 마음속에서 끝없이 메아리치던 비관과 회의의 정서를 대담하고 복잡한 방식으로 표현했기 때문이다. 그들은 똑바로 서 있을 만한 안정된 토대가 없고 모든 변화와 모든 노력이 다 표면에서 겉돌며 전에 본 듯하고 경험한 듯한 지점으로 늘 사람과 일을 되돌려 놓음으로써 어떻게든 본래 상태를 결말로 삼는 어떤 힘이 존재하는 것처럼 느꼈다.

『백년의 고독』은 극도로 비관적인 책이다. 마르케스의 용기는 라틴아메리카 민중이 끊임없이 의심하면서도 감히 말하지 못하고 어떻게 말해야 할지도 몰랐던 이야기를 입 밖으로 꺼낸 데 있다. 마르케스는 소설을 통해 "이것은 본래 쓰여 있던 시나리오로 하느님이 우리를 괴롭히고 있는 것이다. 우리의 모든 것은, 우리의 삶과 고통과 투쟁은 다 우리에 대한 하느님의 장난에 불과하다"라고 말했다.

『백년의 고독』은 여섯 세대, 100년에 걸친 부엔디아 가문의 이야기를 통해 라틴아메리카 독자들에게 "그렇다, 정말로 이렇게 될 것이라고 처음부터 쓰여 있었다. 우리에게는 어떠한 기회도, 어떠한 다른 가능성도 없다"라고 단언한다. 이보다 더 비관적이고 절망적인 태도가 있을 수 있을까?

욕망이 초래한 타락과 파괴

비관적인 태도로 『백년의 고독』을 다시 살펴보면 몸서리치게 되는 여러 현상이 새로 눈에 들어온다. 예컨대 부엔디아 가문의 여섯 세대가 반복해서 겪는 신기한 사건에는 불가해하면서도 거의 바뀐 적 없는 어떤 모델이 존재하는데, 바로 사랑이 싹트기만 하면, 남자와 여자가 함께하기만 하면 그리고 다음 세대를 낳기 시작하기만 하면 문명이 위기에 처한다는 것이다.

이 책의 마지막 100페이지에는 아마란타 우르술라의 이야기가 나온다. 그녀의 이름은 중복해서 나타나는 몇 안 되는 여성의 이름이다. 그녀는 유럽 유학 중에 돈 많은 남편과 결혼했으며 남편과 함께 유럽 문명의 질서와 관습을 갖고서 마콘도로 돌아왔다. 그 후로 그녀의 남편 가스통은 서구 현대문명의 또 다른 상징인 비행기가 마콘도에 들어오기를 계속 기다린다. 새로 항공우편 서비스 사업을 시작하기 위해서였다. 하지만 갖가지 착오가 일어나 비행기의 도착은 계속 미뤄지고 가스통은 하염없이 기다릴 수밖에 없었다.

　아마란타 우르술라는 유럽 문명을 마콘도에 이식하려 했으며 이로 인해 그녀에게서는 옛날 우르술라의 분위기가 짙게 풍긴다. 그래서 우리 중 대부분은 우르술라의 역할이 그녀의 이름을 딴 5대 아마란타 우르술라에게 전해져* 아마란타 우르술라가 부엔디아 가문의 재건에 뛰어들어 질서를 유지하고 새로운 문명을 일으킬 것이라고 기대했을 것이다. 확실히 아마란타 우르술라는 강인하고 부지런한 여성이었다. 하지만 그녀 옆에는 그녀를 꾀어 그 길에서 벗어나게 하려는 거대하고 파괴적인 힘이 계속 존재했다. 바로 그녀의 외조카 아우렐리아노였으며, 두 사람은 복잡하고 어지러운 가계로 인해 서로의 혈연관계가 어떻게 되는지도 정확히 알지 못했다.

　마침내 두 남녀 사이에 "처음 사랑을 나눈 그날 오후부터……"라는 상황이 연출되기에 이른다. 그 '첫 번째 사랑'을 마르케스는 마치 소리 없는 액션영화처럼 무시무시하게 묘사한다. 아우렐리아노는 아마란타 우르술라가 자신의 고모임을 모르는 채 그녀를 범했고, 그때 그녀의 남편은 옆방에 있었다. 따라서 아마란타 우르술라가 아무 소리도 못

---

*　제5장에서 언급한 것처럼 아마란타 우르술라(Amaranta Úrsula)의 이름 중 절반은 우르술라(Úrsula Iguarán)에게서 비롯되었다.

내는 상태에서 고요한 격정과 폭력이 흘러넘친다. 처음 사랑을 나눈 뒤로 "아우렐리아노와 아마란타 우르술라는 남편이 드물게 방심한 틈을 지속적으로 이용했는데…… 둘만 집에 남게 되었을 때 그들은 미뤄 두었던 사랑의 흥분 속으로 빠져들었다. 그것은 분별없고 전도된 정욕이었으므로 무덤 속에 있는 페르난다(아마란타 우르술라의 어머니)의 뼈가 공포로 벌벌 떨고 계속해서 노발대발했다."(『백년의 고독』2권, 300쪽)

우리는 이 책에서 남녀 간의 이런 사랑을 수도 없이 목격한다. 그런데 특히 격렬한 성행위와 번식의 충동 같은, 욕망과 밀접한 관련이 있는 일은 거의 예외 없이 타락과 파괴를 부른다.

이를 염두에 두고 그다음 장면을 보기로 하자. "정욕에 불타올라 정신착란 상태에 빠진 그녀는 개미가 마당을 황폐화시키면서 유사 이전의 굶주림을 집의 목재로 채우려는 것을 보고, 살아 있는 그 개미떼가 용암의 급류처럼 다시 복도에 밀어닥치는 것을 보았으나, 침실까지 밀려드는 것을 보았을 때에야 겨우 어떻게 막을지 걱정만 했다." 그러고 나서 "그들은 결국 얼마 지나지 않아 불개미보다도 더 심하게 집을 황폐화시키고 말았다. 응접실의 가구를 부숴 버리고, 아우렐리아노 부엔디아 대령이 야영지에서 나눴던 쓸 쓸한 정사도 견뎌 낸 해먹을 광적인 사랑을 나누다 찢어 버 렸으며, 침대 매트를 찢어 파도처럼 일렁이는 솜 속에서 숨 막히는 사랑을 나누고 싶어 솜을 바닥에 뿌리기도 했다.” 아마란타 우르술라는 변했다. 그녀는 한때 질서의 상징으 로서 마콘도에 새로운 질서를 수립하려 했지만 번식의 충 동과 열정의 폭발로 또 다른 파괴자가 돼 버렸다.

거대한 운명의 예언 속에서 그 변치 않는 모델이 다시 모습을 드러냈다. 마콘도는 라틴아메리카의 축도이자 은 유로서 그곳 사람들은 번식 자체가 파멸을 부르는 저주를 받았다. 번식과 파멸이 영원히 손잡고 나란히 나아갔다. 다 른 문명에서는 창조의 가장 중요한 원천인 번식과 열정과 욕망이 마콘도에서는 그리고 라틴아메리카에서는 모든 파 괴의 원흉이며 욕망의 만족과 완성은 폐허를 낳는 시발점 이었다.

번식이 문명을 파괴하다

부엔디아 가문은 대체 왜 그 모양이었을까? 그 가문은 거 의 바닥나지 않는 성과 욕망의 정신과 정력을 갖고 있었다. 하지만 그 정신과 정력은 끝없이 혼란을 빚고 다음 세대를 배려하지 않았으며 욕망이 폭발하고 만족될 때마다 어김없이 파괴가 결과로 돌아왔다. 오직 소수만 그리고 보통 욕망이 없어진 사람만 마지못해 마콘도를, 마콘도가 상징하는 라틴아메리카의 퇴락 속 질서를 계속 유지하려 노력했다.

자손을 퍼뜨리려는 욕망은 본래 인간이라는 종이 계속 존재하기 위한 근본이다. 하지만 이 소설에서는 그리고 마르케스가 이 책을 통해 드러낸 라틴아메리카 문명의 시각에서는 문명 파괴의 가장 중요한 요소가 된다. 우르술라가 왜 그렇게 중요할까 돌아보면, 소설의 맨 처음부터 욕망이 없는 인물이었기 때문이다. 그녀는 소설 전체에서 거의 유일하게 번식의 욕망에 휩쓸리지 않은 사람이다. 비록 호세 아르카디오 부엔디아와의 사이에서 아이를 낳기는 하지만 욕망의 차원에서는 계속 냉정함을 유지함으로써 가문을 유지하고 약간의 질서를 남겨 둘 수 있었다.

소설을 끝까지 다 읽고 난 후 앞에서 목격하고 느끼고 논의한 바 있는 인물들을 다시 살펴보면 새로운 의미를 다시 깨닫게 될 것이다. 예를 들어 아마란타의 경우 앞에서 그녀가 자신의 열정과 욕망을 두려워했다고 언급한 바 있는데, 소설을 다 읽고 나서는 그녀가 놀랍게도 처녀의 몸으로 죽은 것을 깨닫는다. 끝내 스스로 거부한 그 많고도 열광적인 사랑을 겪었는데도 불구하고 욕망과 번식을 두려워했기 때문에 그녀는 우르술라처럼 가문의 질서를 유지하는 또 다른 힘이 되었다.

　　다른 각각의 인물은 전부 파괴자다. 그들이 지닌 번식의 욕망과 충동이 출현할 때마다 세계는 한 귀퉁이가 무너지고, 우르술라와 아마란타 이 두 여성만이 마지못해 그것을 보수한다. 그러고 나서는 새로운 욕망이 또 타올라 세계를 기우뚱하게 만든다. 번식의 욕망과 충동이 저주로 변해버린 것, 이것이 바로 라틴아메리카 역사에 대한 마르케스의 해석으로서 일종의 기묘한 시각, 기묘한 관점으로 책 속에서 펼쳐진다.

『백년의 고독』의 등장인물은 모두 방대한 예언에 사로잡혀 있다. 그들 각각은 예언에서 빠져나오기 위해 다양한 방식으로 몸부림치지만, 소설 말미에 가서는 그 모든 몸부림이 다 헛수고였던 것처럼 보인다. 스스로 통제할 수 없는 번식의 욕망으로 갈수록 폐허를 만들거나 폐허를 불러오게끔 운명 지어져 있다. 이 책은 이토록 무기력하고 비관적으로 라틴아메리카 독자들의 무기력하고 비관적인 내면을 그려냈다.

　　그러나 『백년의 고독』은 단순히 비관적 관점을 전달하는 데 그치지 않는다. 나아가 사람들이 이 책을 읽고 한숨을 쉬면서 "어쨌든 모든 게 운명으로 정해져 있다면 무슨 짓을 해도 소용없잖아"라고 결론을 내리도록 두지도 않는다.

『백년의 고독』의 모순적인 결말
왜 그럴까? 이 책이 크게 한 바퀴를 돌고 나서 어떤 모순적인 결말을 남기기 때문이다. 마지막 부분을 다시 읽어 보기로 하자.

> 아우렐리아노는 마지막 행에 도달하기 전에 자신이 그 방에서 절대로 나가지 못하리라는 사실을 이미 이해했는데, 그것은 자신이 양피지의 해독을 마친 순간 거울의 도시(또는 신기루들)는 바람에 의해 부서질 것이고, 인간의 기억으로부터 사라져 버릴 것이고, 또 백년의 고독한 운명을 타고난 가문들은 이 지상에서 두 번째 기회를 갖지 못하기 때문에 양피지에 적혀 있는 모든 것은 영원한 과거로부터 영원한 미래까지 반복되지 않는다고 예견되어 있었기 때문이다.(『백년의 고독』2권, 319쪽)

대단히 비관적이면서도 잔인한 이 단락은 마콘도와 마콘도가 상징하는 라틴아메리카에 대한 냉혹한 판결이다. 라틴아메리카 역사는 끊임없는 파멸이며 끊임없이 파멸을 조장하는 그 부조리성은 이 세상에서 용납될 수 없다고 판결하고 있다. 그 100년은, 라틴아메리카의 혁명과 독립부터 마르케스가 『백년의 고독』을 쓸 때까지의 그 100년은 인류의 불가능성impossibility과 불합리성absurdity을 보여 주는 사례였다. 그곳에서는 인류의 불가능성이 한 편의 거대한 부조리극으로 상연되었으며 그 연극은 오직 한 가지 결말밖에 가질 수 없었다. 바로 그것이 완전히 사라지게 하는 것, 너무 부조리하고 폭력적이고 무의미하므로 이 세상에 더는 해를 끼치지 않도록 완전히 사라지게 해야 한다는 것이었다.

앞의 마지막 단락은 그 100년간의 라틴아메리카 역사가 계속 남을 수도, 남을 가치도 없는 경험이라는 마르케스의 견해를 보여 준다. 그는 그것이 잔인함과 난폭함과 부조리와 광기로 가득한 인류의 경험으로서 차라리 지구상에서 깨끗이 사라지는 편이 인류에게 더 낫다고 생각했다. 다시 말해 유고의 예언에 적힌 것처럼 마콘도를 이 세상에서 사라지게 하고 라틴아메리카의 그 100년 역사를 지워 버리는 것을 넘어 기억까지 제거해 버리는 게 하느님의 옳은 결정이라는 것이었다. 그 민중과 경험과 기억이 없어지면 인간에 대한 우리의 이해는 달라질 것이고, 동시에 라틴아메리카 역사에서 벌어진 인간의 잔인함atrocity을 제거하면 좀 더 인간을 신뢰하고 좋게 평가할 수 있으리라고 판단했다.

하지만 여기에는, 그러니까 마콘도의 경험과 의미를 영원히 사라지게 하는 일에는 대단히 큰 모순이 존재했다. 예언은 "거울의 도시(또는 신기루들)는 바람에 의해 부서질 것이고, 인간의 기억으로부터 사라져 버릴 것이고" "양피지에 적혀 있는 모든 것은 영원한 과거로부터 영원한 미래까지 반복되지 않는다고" 했다. 그러나 이 말은 틀렸다. 완전히 틀렸다! 그 기억은 사라질 리 없었다. 왜? 바로 이 책 『백년의 고독』이 있기 때문이었다.

유고의 본래 예언대로라면 이 일을 아는 사람이 있을 리 없다. 맨 처음에는 꼭 허상 같은 부엔디아 가문에 의해, 호세 아르카디오 부엔디아와 그가 데려온 스물여섯 명에 의해 마콘도가 개간되고 세워졌다. 그리고 마지막에는 아우렐리아노의 눈앞에 강풍이 불어닥쳐 더는 그곳에 마콘도라는 마을이 있었다는 것을 아는 사람이 없게 되었다. 호세 아르카디오 부엔디아부터 아우렐리아노에 이르는 여섯 세대에 일어난 일을 아는 사람이 없어졌으니 그 100년간의 일은 어떤 곳에서도 기억될 리 없고, 기억을 남길 리도 없고, 되풀이될 리도 없었다. 그리고 어떤 곳에서도 되풀이될 리 없다는 것은 이미 사라진 마콘도 이외의 지역에서 다시 새롭게 그 역정을 인식할 사람도 있을 리 없음을 뜻했다.

만약 유고에 정말로 그렇게 쓰여 있었다면 마콘도는 완전히 사라졌을 것이다. 하지만 『백년의 고독』이라는 소설이 유고의 예언을 깼다. 『백년의 고독』은 그 100년의 기억을 남김으로써 예언을 깨고 예언이 철저히 실현되지 못하게 한 유일한 요소가 되었다. 이 지점에서 우리는 마르케스가 한 명의 작가로서 정말로 그토록 비관하고 분노하기는 불가능했음을 깨닫는다. 그는 작가이기에 필연적으로 예언의 내적 논리를 어기고 그 기억을 남길 수밖에 없었으며, 필연적으로 비관과 분노 이외의 다른 심정이 있을 수밖에 없었다.

영웅과 과학의 시대

『백년의 고독』은 우리에게 '운명론'을 성찰하게 한다. 이성과 과학은 이미 종교를, 특히 전통적인 민속신앙을 현대인의 의식과 생활의 외진 구석으로 몰아넣었지만 마르케스는 저급한 미신으로 가득한 그것을 다시 이해하도록 요구한다.

19세기 서양의 주류 의식은 '진보사관'이었고 영웅에 대한 믿음과 숭배이기도 했다. 19세기에는 위대한 인물, 혁명의 영웅, 과학의 영웅, 이성의 영웅, 계몽의 영웅을 믿고 그 영웅이 세계를 해방시켜 줄 것이라고 믿었다. 영웅은 선도자로 역사의 최전선에서 낡고 보수적이며 적막한 세계를 견인해 빛을 향해, 진보를 향해 나아간다고 알려졌다. 이런 가치관을 표명한 가장 대표적인 저서가 칼라일*의 『영웅숭배론』On Heros, Hero-Worship and the Heroic in History이며, 이 책은 19세기 낙관주의 정신의 기초를 구체적으로 보여 준다.

19세기에 서양은 무엇에 근거해 그렇게 낙관적이고 내일이 오늘보다 또 모레가 내일보다 나을 것이라고 믿었을까? 그들은 설마 자신의 삶과 사회와 주변에 여전히 널려 있는, 어둡고 진보적이지 못하며 심지어 무섭고 고통스럽기까지 한 현상을 못 본 것일까? 그들은 당연히 보았다. 하지만 오늘 자신이 해결하지 못한 일은 단지 과학 지식이 아직 그 수준까지 발전하지 못한 탓이므로 서두르지 않고 과학에 더 시간을 부여하면 결국에는 방법을 찾을 수 있다고 믿었다.

---

* Thomas Carlyle(1795~1881). 영국 빅토리아 시대의 스코틀랜드 출신 작가이자 역사학자이며 대표작으로 『영웅숭배론』『프랑스대혁명』『과거와 현재』가 있다. 『영웅숭배론』은 칼라일이 1840년 여섯 차례에 걸쳐 진행한 강연을 정리한 것으로, 「신격으로서의 영웅」「예언자로서의 영웅」「시인으로서의 영웅」「성직자로서의 영웅」「문인으로서의 영웅」「왕으로서의 영웅」이렇게 여섯 부분으로 나뉜다.

그들의 낙관주의를 형성한 또 한 가지 중요한 원천은 세계를 바꾸고 진보하게 하는 힘이 몇몇 사람의 거대한 영향력에서 비롯된다는 믿음이었다. 몇 안 되는 사상계의 거인, 과학계의 거인, 정치계의 거인, 경제·산업계의 거인만 있으면, 그들의 공헌과 성취만 있으면 세상의 절반을 순식간에 변화시킬 수 있다고 생각했다.

20세기가 되어 사람들은 왜 19세기에 그랬던 것처럼 낙관적일 수 없었을까? 20세기에는 대중에 관한 사유가 과거의 '영웅관'을 압도했기 때문이다. 19세기 사람들은 파리와 런던의 도박꾼, 창녀, 더러운 거리, 악취 나는 강물을 봐도 비관할 필요가 없었다. 몇 명의 영웅만 나타나면 그 모든 것을 바꿀 수 있다고 믿었으니까. 그들은 자기 눈앞의 거지가 언젠가 185 더하기 346이 몇인지 계산할 수 있을 때까지 기다려야 세계가 변한다고 생각했을 리 없다. 그들은 그런 사람들에게 뭔가 기대할 필요가 있다고 여기지 않았다.

한번 생각해 보자. 타이완 사람 전체가 베토벤 음악을 이해하도록 만드는 게 가능할까? 자기가 아는 이들을 한 명씩 머릿속에 떠올리며 '언젠가 이 사람이 베토벤 음악을 이해하는 게 가능할까?'라고 생각해 보자. 이런 방식으로 생각하면 우리는 필연적으로 비관하게 된다. 한 명 한 명을 다 염두에 두고 이 사회와 세계가 어떻게 변화할지 상상하기 때문이다. 우리의 머릿속에는 20세기적 관념, 즉 사회는 그런 사람들로, 우리가 아는 한 명 한 명으로 이뤄져 있다는 관념이 뚜렷하게 새겨져 있다. 매일 호텔에서 새벽 3시 반까지 술을 퍼마시는 사람들이 언젠가 베토벤 음악을 이해하리라고 기대할 수 있을까? 그것은 불가능하다!

하지만 19세기 사람들은 그렇게 생각하지 않았다. 그들은 한 명의 베토벤이 태어나면 그의 음악이 세계를 바꾼다고 생각했다. 그래서 지금 베토벤 음악을 이해하지 못하는 사람들을 굳이 신경 쓰지 않았다. 그들이 중요치 않은 것은 영웅 앞에서 그들은 어쨌든 개조될 것이기 때문이었다. 만약 모든 사람이 베토벤을 이해하길 기대하면 희망이 있을 리 없다. 하지만 한 명의 거대한 스타, 거대한 영웅이 나타나기만 하면 기회가 있다고 생각하는 것, 이것이 바로 '영웅 숭배'의 장점이다.

아날학파의 출현

19세기에서 20세기로 넘어가며 가장 크게 바뀐 것 중 하나가 바로 영웅 개념의 변화였다. 제1차 대전 이후 유럽은 영웅과 영웅 숭배의 효과를 의심하기 시작했고, 이로부터 세계에 대한 전혀 다른 이해가 생겨났다. 그 새로운 이해로 인해 서구의 지식과 사상은 시각이 갈수록 더 낮아지고 범위는 갈수록 더 넓어졌다. 20세기 역사학과 19세기 역사학 사이에는 확연한 단절이 존재하게 되었다.

기본적으로 19세기 역사학은 영향력 있는 개인을 기록하는 일종의 인물 사학, 심지어 영웅 사학이었다. 영웅이 성취한 바로 역사의 변동을 이해할 수 있다고 여겼다. 19세기 역사학의 핵심이 예외 없이 정치사와 군사軍史인 것은 정치와 군사 분야의 위대한 영웅이 모든 것을 결정한다고 보았기 때문이다. 나폴레옹이 없었으면 나중에 일어난 일들도 없었고, 나폴레옹과 대립한 메테르니히가 없었으면 훗날 보수 세력의 부활도 없었다는 것이다. 역사는 그 소수의 위대한 인물이 결정했다는 식이었다. 하지만 영웅 사관은 그에 어울리는 조건과 상응하는 분위기가 필요했고, 20세기가 되면서 그 조건과 분위기는 차례로 소멸했다.

20세기에 접어들자 점차 새로운 역사학의 개념이 출현했다. 이것을 프랑스의 '아날학파'*를 예로 들어 설명할 수 있다. 아날학파의 주요 인물은 마르크 블로크**, 뤼시앵

---

* Annales School. 20세기의 중요한 역사학파로 그 명칭은 프랑스 학술지 『경제사회사 연보』(Annales d'histoire économique et sociale)에서 유래했다. 역사에서 지리와 물질 등의 요인을 강조했다.
** Marc Bloch(1886~1944). 프랑스의 역사학자로 1929년 뤼시앵 페브르와 함께 『경제사회사 연보』를 창간하고 아날학파를 세웠다. 대표작으로 『역사를 위한 변명』 『봉건사회』 『이상한 패배』 등이 있다.

페브르*, 훗날의 페르낭 브로델**이며, 이들의 연구 영역은 모두 근대 이전 역사였다.

블로크는 중세 봉건사회 역사에 밝았다. 봉건사회 역사는 19세기 이전 역사학에서는 심지어 성립조차 안 됐다. '암흑기'로 간주되는 봉건사회는 서기 5세기 후반부터 시작해 14세기까지 거의 1000년에 가까운 역사를 가졌다. 훗날의 '르네상스 시기'를 12세기까지 거슬러 끌어당겨도 800년의 암흑기가 있었던 셈이다. 그 암흑기에는 변변한 역사가 없었다. 교회가 모든 것을 통치하고 사람들은 지식이 없었으며 폐쇄적인 구조 아래 매일 똑같은 날이 이어져 역사라고 할 만한 게 없었다.

블로크의 공헌은 봉건사회가 무엇이고 봉건 질서가 무엇인지를 새롭게 이해한 데 있었다. 그는 그 과정에서 일종의 새로운 역사를 발견했다. 예전 사람들은 중세사를 중시하지 않았으며 몇백 년의 중세 시기 동안에는 변화도 없고 변화를 창조하고 추동한 영웅도 없었다고 생각했다. 하지만 블로크는 중세가 결코 상상했던 것처럼 아무 변화도 없던 시기가 아니었음을 발견했다. 그 700~800년 동안 봉건 질서는 사실 수많은 변화를 겪었다. 그러면 그 변화는 어

---

* Lucien Febvre(1878~1956). 프랑스의 역사학자로 아날학파의 설립자다. 대표작으로 앙리 장 마르탱(Henri jean Martin)과 공저한 『책의 탄생』이 있다.

** Fernand Braudel(1902~1985). 프랑스의 역사학자로 아날학파 2세대의 대표자 중 한 명이다. 주요 저작으로 『펠리페 2세 시대의 지중해 세계』『물질문명과 자본주의』 등이 있다.

떻게 생긴 걸까? 중세에는 영웅이 없었으니 봉건 질서의 변화는 영웅이 아닌 사람들에게서 비롯될 수밖에 없었다.

봉건시대의 역사적 변화

블로크는 자신의 여러 중요한 저서에서 일반인, 즉 영웅이 아닌 사람들 간의 상호작용에서 변화의 힘이 생성되었음을 분석했다. 더 나아가 영웅이나 위대한 인물이 이끌지 않았는데도 어떻게 사람들의 일상적 활동이 역사의 변화를 추동할 수 있었는지 탐색했다. 그는 몇 가지 중요한 변동의 요소를 찾아냈는데, 그중 중요한 것이 재산권의 상속, 즉 사람이 죽고 난 후 재산을 누구에게 어떻게 넘기는가였다. 어떠한 재산상속제도 대대로 실행되다 보면 필연적으로 변화의 동력이 누적되게 마련이었다.

한 가지 방식은 '장자 상속제'로 재산을 여러 자식 중 한 명에게만 넘겼다. 또 다른 방식은 '균분 상속제'로 자식이 몇 명이든 꼭 똑같이 나눠 주지는 못해도 어쨌든 모두에게 나눠 주었다. 이 두 방식은 간단해 보이지만 뒤따르는 문제가 있었다.

만약 장자 상속제를 취했다면 다른 자식들은 어떻게 해야 했을까? 스스로 방법을 찾아야 했다. 재산을 상속받지 못했으므로 별도의 신분을 찾고 별도의 위치를 창출해야 했다. 혹은 균분 상속제에 따라 모두가 재산을 나눠 가졌다면 각자 재산의 일부밖에 못 취했으므로 아버지보다 가난해지고 대를 이을수록 그런 현상이 더 심화될 수밖에 없었다. 뒷세대가 예전처럼 앞세대의 구조를 유지하지 못했기 때문에 제도는 똑같아 보여도 제도를 수행한 결과는 변화를 불러왔다. 이처럼 영웅이나 위대한 인물과 아무 관계 없이 사회는 계속 변화했다.

또 한 가지 예는 기술 발전이 가져온 변화다. 예컨대 우리 마을에서 쓰는 소달구지의 바퀴 크기가 본래 8인치였는데 나무 구부리는 기술의 발전 또는 바퀴 표면에 철판을 두르는 기술의 습득으로 1피트까지 커졌다고 해 보자. 그 결과 소달구지로 갈 수 있는 거리가 늘어나 생산과 교환 범위가 확대되고 기술 전달의 경로도 확장되었다. 본래 소달구지의 바퀴로는 멀리 가지 못해 50리 밖에서 무슨 일이 일어나는지 전혀 알 수 없었다. 그런데 바퀴가 커진 뒤로 50리 밖 사람이 발명한, 새 물레방아로 밀을 빻는 방법을 접하고 그 기술을 우리 마을에 들여와 써먹을 수 있게 되었다.

한 가지 예를 더 들어 보자. 블로크는 페브르와 함께 지리 변화에 대한 연구 틀을 마련했다. 지리는 바뀌지 않을까? 아니, 허다하게 바뀌곤 한다. 눈사태 한 번에 한 마을이 완전히 바뀔 수도 있고 폭풍우 한 번에 농장의 1년 수확을 망칠 수도 있다. 그런 변화에 대응하며 농장 사람들이 계속 살아가려면 이주하거나 기존의 생산 형태를 바꿔야 한다.

블로크 등은 봉건시대 역사를 연구했기 때문에 인류사의 변화가 소수의 영웅적 인물에게서 비롯된다는 주장을 믿을 수 없었다. 그들은 영웅 이외에 더 근본적인 변화의 힘이 있다고 생각했다. 이러한 프랑스 역사학자들의 새로운 태도는 점차 프랑스에서 다른 나라로 퍼져 나갔다.

서민 문화의 활력을 발굴하다

그들은 영국의 여러 좌파 사학자를 감화시켰으며 본래 마르크스주의를 배운 영국 사학자들은 마르크스주의의 견해와 아날학파의 역사 연구 태도를 결합해 더 진일보한 견해를 펼쳤다. 단지 봉건시대부터 근대 초기까지만 위대한 인물이 별다른 역할을 하지 못한 것이 아니라 계속해서 18세기까지도 위대한 인물은 진정한 역사 추동의 힘이 아니었다고 주장했다. 진정한 역사 추동의 힘은 계급과 계급투쟁이라고 마르크스가 진작에 말했다는 것이다. 이제 그들은 아날학파의 방법론을 이용해 한편으로는 계급투쟁 이외의 집단적 변수를 확충하고 다른 한편으로는 여러 계급의 집단적 힘이 도대체 어떻게 역사 변화를 추동했는지 세밀하게 분석할 수 있었다.

에드워드 파머 톰슨*의 연구를 예로 들어 보자. 그는 마르크스주의를 신봉했지만 마르크스주의를 도그마나 표준 답안으로 보지는 않았다. 교조적인 마르크스주의는 인류 역사가 자본주의에서 사회주의로 넘어가고 그다음에 공산주의 시대에 도달한다고 주장했다. 그렇다면 자본주의는 결국 타도해야 하는 시대이지만 도대체 왜 타도해야 하며 얼마나 나쁘고 또 어떻게 나쁜 것인가? 톰슨은 마르크스주의의 이론적 도그마에 만족하지 않고 사료를 통해 자본주의 발생 이전에 노동계급이 있었는지, 자본주의는 어떻게 본래 영국 노동계급을 파괴하고 개조했는지 정리했다. 그리고 자본주의가 본래 수공업 기술과 장인 계급의 삶에 개입하고 해체해 그들의 이상과 풍속과 관습을 전부 파괴했음을 증명했다. 아울러 영국 노동자들이 자본주의 발생 이전에 훨씬 더 문화적 의식적으로 풍부한 삶을 영위했음을 역시 사료를 통해 증명했다.

여기에는 인간사를 보는 시각을 아래로 조정하려는 새로운 지식의 경향이 약동하고 있었다. 소수의 영웅, 소

---

* Edward Palmer Thompson(1924~1993). 20세기 영국의 좌파 역사가이며 대표작으로 『영국 노동계급의 형성』이 있다.

수의 정치적 인물, 소수의 상층계급에게서 눈을 떼어 대중을 관찰하고 대중이 만들어 낸, 과거에는 낡고 낙후되고 남겨 둘 가치가 없다고 여겨졌던 서민 문화folk-culture에 주목했다.

대전통과 소전통

『백년의 고독』이 출판되기 전후에 서구에서는 이미 그런 거대한 변화의 충동이 이어지면서 '소전통'Little Tradition을 새롭게 인식하고 있었다. 소전통은 본래 인류학 용어로 로버트 레드필드**가 최초로 제시했고 나중에 여러 인접 학문에서 원용했다. 문화에는 '대전통'Great Tradition과 소전통이 있는데, 대전통은 우성의 문화로서 정규적인 지식 권력의 경로를 통해 정리된 문화적 내용이다. 각 사회에는 모두 비교적 고등하다고 여겨지는 승인된 주류문화가 있다. 이런 문화는 상대적으로 기록되고 전승되기 쉬우며 교육의 주요 내용이 된다.

과거에 우리는 역사나 문화를 관찰할 때 축선 위에 있는 대전통만 흔히 보곤 했다. 그러나 한 사회에는 대전통만 있는 게 아니다. 대전통과 동시에 존재하며 항상 복잡한 상호 관계를 갖는 그리고 대전통에 의해 억압과 멸시를 받고

** Robert Redfield(1897~1958). 미국의 인류학자로 1956년에 출판한 『농촌사회와 문화』에서 '대전통'과 '소전통'이라는 두 가지 대조적인 개념을 제시해 농촌사회의 서로 다른 두 가지 문화 전통을 설명했다.

나아가 배제되고 소멸되기까지 하는 소전통도 있다. 소전통은 대전통에 비해 저급하다고 간주되지만 대부분의 사람들은 소전통의 참된 가치와 신념에 의지해 일상을 산다.

과거에 우리가 대전통만, 명예와 위신이 있는 사람만, 그런 사람의 삶과 생각만 봤다면 우리가 인식한 역사와 문화는 전면적이지 못하고 거의 왜곡된 것이었을 가능성이 크다. 어떻게 대전통이 만든 판에 박은 듯한 이미지에서 벗어나 한 시대와 사회를 새롭게 인식할 수 있을까? 이런 문제의식이 20세기 후반의 사상적 동력이 되었다. 1950년대 후기부터 1980~1990년대까지 이 동력으로 서구 지식계는 계속해서 수많은 성과를 거뒀다.

이런 배경과 맥락에서 『백년의 고독』을 보면 또 다른 층위의 의미가 드러난다. 서구의 대전통은 18세기 이후로 과학과 이성화의 전통이었고, 200~300년간 하나의 기준을 정해 좋은 문화는 무엇이고 나쁜 문화는 무엇인지 그리고 기록하고 보존할 만한 것은 무엇이고 도태시켜야 하는 것은 무엇인지 우리에게 알려 주었다. 그 기준의 핵심은 논리와 실증에 부합하고 설명 범위 내에 있는 것만 옳고 좋다는 것이었다. 증명할 수 없고 이성으로 검증할 수 없는 것은 모두 언제든 도태시켜야 한다고 보았다. 이것이 강력한 대전통의 기준이자 대전통의 헤게모니였다.

『백년의 고독』은 처음부터 끝까지 과학이 증명할 수 없고 관여할 수 없는 예언과 현실에서 검증할 수 없는 기록 위에 수립되었다. 하지만 마르케스의 글을 보면 그것이 진실한 삶임을 우리는 부인할 수 없다. 그것이 사실적이지 않더라도 현실이고 진실한 삶이다. 따라서 마르케스는 소전통의 재인식을 강조한 이들과 똑같은 입장에서 우리를 일깨우고 심지어 경고한다. 서구적 이성과 과학이 배척하고 무가치한 것으로 간주하는 것은 정말로 가치가 없는 것일까?

그러한 것은 이성의 눈으로 보면 가치가 없을 수도 있지만 대부분 사람들의 삶에서는 의미가 있다. 우리는 그런 의미를 어떻게 봐야 할까? 세계가 과학적 인과율로 제어되지 않고 더 높고 초월적인 어떤 운명에 의해 결정된다고 믿는 관념을 예로 들어 보자. 이 개념은 당연히 과학에 저촉되지만 절대다수 사람들이 영위하는 삶의 근원적인 곳에 숨겨져 있다. 그들은 실제로 이 개념에 의지해 시간은 무엇이고, 인간은 무엇이고, 삶은 무엇인지 이해한다.

통일된 사회적 시각에 대한 거부

이 세상에서 오늘날 79억 인구 중 아마도 몇억 명은 자신이 과학적 이성과 논리적 인과율을 믿고 이해한다고 공언하겠지만, 상대적으로 80퍼센트 이상은 서로 다른 수준과 방식으로 비과학적 믿음 속에 살아가고 있다. 이런 사실 앞에서 우리는 특정한 태도를 갖고(우리는 그것이 합리적 태도라고 생각한다) 과학 쪽에 서곤 한다. 즉, 과학과 비과학적 지식은 서로 다른 위계에 자리하고 있으며 과학이 비과학적 지식보다 상위에 있다고 주장한다. 그리고 누구든 진정으로 과학을 이해하고 나면 다른 비과학적 지식과 믿음을 포기할 것이라고 말한다. 하지만 우리는 그런 과학적 이성이 정말로 그토록 신뢰할 만한가라는 다른 사람의 의문도 진지하게 다뤄야 한다. 그렇게 많은 사람이 의지해 살아가고 실제 삶 속에 간직하고 있는 비과학적 소전통은 정말로 무의미하고 인류가 전면적인 과학의 시대로 향하는 과정에서 그저 도태될 수밖에 없는 것일까?

　모든 사회, 특히 현대적인 사회일수록 반드시 많은 사람의 집단생활을 안배해야 할 필요성이 생긴다. 왜 과학적 이성이 훗날 가장 거대한 헤게모니로 변했을까? 많은 사람의 집단생활을 과학적 이성으로 안배하는 게 가장 편리했기 때문이다. 간단한 예로, 모두의 시간을 조정해 혼란 없이 저녁 7시 반에 함께 수업을 듣게 하려면 일정한 이성적 안배가 꼭 필요하다. 과학적 이성은 이런 사회적 필요성에 힘입어 방대해졌고, 방대한 자체 구조에서 다른 수많은 것이 생겨났다. 다른 문화적 내용을 개조하고 점용하는 일련의 메커니즘도 그중 하나다. 그래서 우리가 흔히 보던 소전통에 속한 것이 과학의 설명 범위 안에 편입되어 개조되고 재편되었다.

내게는 아주 작은 바람이 있다. 과학적 이성의 거대한 통합 충동을 다소 억제해 우리 개개인의 시간과 느낌과 견해를 전부 통합하지 못하게 했으면 한다. 그 거대한 통합 충동이 야기하는 파괴를 소홀히 봐서는 안 된다. 만약 우리 개개인의 행동과 견해와 느낌이 모두 같아지면 사회가 안배하기 쉬워지고 심지어 우리도 더 살기 편해져 정말로 각자가 하나의 톱니바퀴로 변해 남에게 이끌려 가며 스스로 머리 쓸 일이 전혀 없을 것이기 때문이다. 하지만 나는 그렇게 되지 않도록 저항해야 한다고 믿는다. 왜 문학을 읽고, 왜 인류사의 발전에 영향을 끼친 주요 저작을 계속 읽어야 할까? 그 저작들이 통일된 사회적 시각에 충격을 줄 수 있는 중요한 자원을 제공하기 때문이다. 그 자원에 의지해 우리는 계속 스스로를 일깨울 수 있다. 내가 꼭 그렇게 생각해야 하고, 꼭 그렇게 느껴야 하느냐고 말이다.

정확히 말하기 힘든 감동적인 힘

마르케스의 소설을 보면 비과학적인 삶의 믿음이 전부 무의미한 헛소리라고 쉽게 단언하지 못하게 된다. 만약 그것이 무의미한 헛소리일 뿐이라면 기껏해야 30페이지도 못 읽고 『백년의 고독』을 치워 버릴 것이다. 이 책과 그 비이성적인 내용이 가치가 있다는 것은 독서의 효과를 통해 직접적으로 증명된다. 독자는 이 소설이 도대체 무슨 이야기를 하는지 명확한 논리적 인과관계와 과학적 이성으로는 설명할 길이 없다. 하지만 과학적 이성으로 설명할 수 없는 바로 그 내용에 깊은 감동을 받는다.

『백년의 고독』은 적어도 한 가지 사실을 지적해 보여 준다. 소전통에 존재하는 수많은 믿음이 유효하다는 것, 우리처럼 이미 강력한 과학적 이성의 전통 속에 사는 이들에게도 역시 유효하다는 것을 말이다. 따라서 우리는 오늘날 가장 기본이라고 여겨지는 과학적 이성과 전혀 무관한 이들의 어떤 정서적 문화가 존재하고 이미 과학적 이성에 의해 어두운 구석으로 밀려난 소전통의 몇몇 믿음 속에 그런 문화가 감춰져 있다는 사실을 인정하지 않을 수 없다. 우리는 그 감춰진 인류의 경험과 어떤 정서적 교감을 나눠야 하는 게 아닐까? 그런 의미에서 마르케스는 우리를 소환하고 초대하고 있다.

이런 각도에서 보면 『백년의 고독』은 한편으로 비관적인 책이 아니다. 대단히 적극적이고 긍정적인 함의를 담고 있어서 마지막까지 읽고 나서 마음이 울적해지는 사람은 거의 없다. 결코 도스토옙스키의 『지하생활자의 수기』나 카뮈의 『이방인』처럼 읽을수록 마음이 무거워지지 않는다. 오히려 읽으면 읽을수록 재미를 느낀다.

형식적으로 『백년의 고독』은 비관적인 책이며, 역시 형식적으로 라틴아메리카 독자에게 운명이 변할 것이라는 망상을 그만 집어치우라고 말한다. 하지만 실질적으로는 비관적인 결론으로 향하는 과정에서 예언, 초월적 힘을 향한 믿음, 민중의 소전통에 대한 존중을 형상화하고 그런 것이 갖고 있는 삶의 실존적 가치의 면모까지 구현한다. 그런 믿음에는 우리의 존중을 이끌어 내는 힘이 있다. 그리고 정확히 말하기 어렵고 말할 필요도 없지만, 그런 믿음을 기초로 세계를 바라보는 눈빛에는 우리를 감동시키는 심오한 느낌이 있다. 그렇게 감동을 받기 때문에 우리는 자연히 그것을 무시할 수 없고 나아가 존중하지 않을 수 없다. 안 그러면 우리 자신의 감정을 무시하고 존중하지 않는 것과 마찬가지 아닌가?

만약 우리가 이 소설을 읽고 감동한다면 그리고 이 소설이 사실주의 방식이 아니라 비이성적 믿음이 가득한 세부 사항으로 감동을 준다는 것을 안다면, 우리는 감동받은 사실을 존중하고 바로 그 사실에서 출발해 그 안에 숨겨진 신비하고 정확히 말할 수 없으며 말할 수 없어야 그 힘을 유지할 수 있는 것도 존중해야 한다. 그러면 우리가 길을 열어 끊임없이 묻고 시험하고 탐색하는 방식을 찾는 데 도움이 될 것이다.

문학은 표준 답안을 제공하지 않는다

『백년의 고독』을 시작으로 우리는 호르헤 루이스 보르헤스, 카를로스 푸엔테스, 바르가스 요사 등 다른 마술적 리얼리즘 작가의 작품도 읽어 볼 수 있다. 그중 어떤 것은 우리를 매료시키고 어떤 것은 아무 정서적 호응도 불러일으키지 못할지 모른다. 어쨌든 『백년의 고독』에서 시작해 그렇게 시험해 나가다 보면 나중에 그 신비한 요소를 찾아낼 수 있을지도 모른다. 그때 우리는 여전히 정확히 말하기는 힘들지라도 어쨌든 인간 세상의 경험과 우주적 현상에 우리 내면이 감응할 수 있음을 마음속으로 깨달을 것이다. 포인트는 삶의 어떤 감응의 가능성에 있다.

과학적 이성은 포악하고 끊임없이 세력을 확장해 모든 삶을 지배하려 든다. 하지만 과학적 이성의 확장 과정에서 사실 많은 빈틈이 생기는데, 현대인은 그런 빈틈과 마주쳐도 보통 그것을 채울 다른 자원이 부족하다.

과학적 이성의 기본 모델은 유일하고 확실한 표준 답안을 제공하는 것이지만 인간의 삶에는 표준 답안으로 충족할 수 없는 부분이 반드시 있게 마련이다. 그런데 과학적 이성이 표준 답안을 제공하지 못하는 영역을 만났을 때, 그래서 여러 빈틈이 모습을 드러냈을 때 우리는 흔히 제한된 반응을 보이곤 한다. 즉, 다른 곳에 가서 표준 답안을 찾는 것이다. 예를 들어 점쟁이나 점성술사나 이런저런 종교를 찾는데, 사실 이런 방식도 전부 '표준 답안 형식'이다. 과학적 이성이 제공할 수 없는 다른 표준 답안을 그런 곳에서 찾고자 하는 것이다.

『백년의 고독』 같은 뛰어난 문학작품의 가장 높은 가치는 바로 표준 답안에 저항하는 데 있다. 훌륭한 문학작품은 표준 답안으로 충족할 수도, 충족해서도 안 되는 우리 내

면의 여러 부분을 계속 관측하거나 심지어 도발하고 개발한다. 예컨대 기독교를 30년 동안 믿은 신자가 『백년의 고독』을 읽고 해방신학을 접한 뒤 어느 날 갑자기 성경을 읽었는데, 문득 성경이 너무나 마술적 리얼리즘적이라는 생각이 들었다고 해 보자. 이 생각은 옳다. 이는 문학이 어느새 그가 텍스트와 현실 세계를 경험하는 방식을 개조해 그가 더 이상 표준 답안 형식의 시각으로 성경을 대하지 않게되었음을 보여 준다.

수많은 세월 동안 수많은 이들이 성경을 일련의 표준답안으로 해석하려 했다. 이 말은 무슨 뜻이고 무엇을 상징하며 예수그리스도는 왜 이 말을 했는지에 관해 마치 고정된 답이 존재하는 것처럼 말이다. 그러나 문학은 우리가 새롭게 의심하도록 만들고 나아가 모든 해답의 불확실한 요소와 사실에 뒤따르는 환상성 그리고 모든 환상적 현상의사실성을 새롭게 보도록 만든다. 문학적 경험으로 얻은 '문학의 눈'으로 종교적 진리의 답으로만 여겨 온 성경을 마술적 리얼리즘으로 읽어 낸다면 그 얼마나 흥미로운 일인가?

단지 성경만 마술적 리얼리즘적인 게 아니라 수많은사건과 현상이 전부 『백년의 고독』이라는 조명 아래에서는 '환상적 사실'의 일면을 드러낸다.

엄밀하고 세심한 소설 속 세계

마르케스는 자신의 마술적 리얼리즘을 구축할 때 가능한 한 간결한 언어를 사용해 과장된 이야기일수록 형용사를 적게 썼다. 이와 반대로 과장된 현상일수록 더 디테일하게 묘사했는데, 이는 사람들이 사물의 존재를 믿게 하는 중요한 수단이 바로 디테일이기 때문이었다. 『해리 포터』는 왜 그렇게 매력적일까? 『반지의 제왕』은 왜 그렇게 사람들을 매료시킬까? 실제로 존재하지 않는 시공간을 구축하면서도 갖은 수단을 사용해 그 시공간 속 여러 상상의 디테일을 충실하게 구현했기 때문이다.

누구나 빗자루를 타는 마녀 이야기를 들은 적이 있지만 우리는 그저 마녀가 빗자루를 타고 하늘을 난다는 것만 알 뿐이다. 그런데 『해리 포터』는 빗자루를 타는 것이 마치 자전거를 타는 것처럼 연습이 필요하고 배우는 과정에서 잘못하면 넘어지기도 하며 결국 다 배워도 사람에 따라 속도와 기술에 차이가 난다는 것을 가르쳐 준다. 빗자루를 타는 것에 대한 이런 디테일은 우리를 그 상황으로 끌어들여 캐릭터 사이에서 그들의 경험을 공유하고 우리 자신이 마술의 일부가 되게 한다.

마르케스는 10년의 노력을 들여 『백년의 고독』을 썼

다. 그렇게 오랜 시간이 걸렸을 만도 한 것이 최종 원고를 보면 거의 '루즈 엔즈'loose ends가 없다. '루즈 엔즈'란 무엇일까? 앞에서 누구를 언급했는데 나중에 설명도 없이 그가 사라지거나 또 앞에서 어떤 사건을 이야기해 놓고는 그냥 흐지부지 끝내는 바람에 그 사건이 왜 나왔는지 알 수 없는 경우를 뜻한다.

『백년의 고독』에서 소설이 길고 인물도 너무 많아 설명이 안 된 부분이 몇 군데나 되는지 찾아낼 수 있을까? 개인적으로는 우르술라가 큰아들 호세 아르카디오를 찾아 나선 부분이 가장 마음에 걸린다. 호세 아르카디오가 집시를 따라 마을을 떠났을 때 우르술라는 그를 찾아 나섰다 정작 그는 못 찾고 외부 세계로 통하는 길을 찾았다. 소설에는 그 과정에서 우르술라가 도대체 어떤 경험을 하고 어떻게 그 길을 찾았는지 아무 설명도 없다.

하지만 이것은 극소수의 예외다. 수많은 세부 스토리와 인물을 마르케스는 각각 적절한 방법을 찾아 잘 배치하고 연결했다. 그러면 그는 자신이 만드는 세계를 왜 그렇게 엄격하고 신중하게 다뤘을까? 그런 허구의 세계는 주도면밀하게 설명할수록 독자가 작가를 따라 그 세계에 더욱 잘 들어갈 수 있기 때문이다. 이것은 일종의 '허구 법칙'이다.

마르케스는 놀라운 상상력을 발휘하는 동시에 엄밀하고 세심하게 스스로를 단속함으로써 『백년의 고독』 같은, 사람들이 몇 번이고 되풀이해 읽으며 계속 새로운 것을 발굴해 낼 수 있는 명작을 창조했다.

공부하는 번역가

양자오 선생의 책은 이번이 열 권째다. '동양고전 강의' 여섯 권(『좌전을 읽다』『상서를 읽다』『시경을 읽다』『순자를 읽다』『전국책을 읽다』『논어를 읽다』)의 번역을 마치고 새로 '세계문학공부' 시리즈 번역을 진행 중이며, 현재이 책 외에 세 권(『인생과의 대결: 헤밍웨이 읽는 법』『영원한 소년의 정신: 하루키 읽는 법』『카뮈 읽는 법』(가제))을 끝내고 두 권(『릴케 읽는 법』(가제)『영미 현대시 읽는법』(가제))을 남겨 놓고 있다. 물론 두 시리즈는 앞으로도권수가 늘어날 가능성이 크다. 양자오 선생은 끊임없이 시민 강좌에서 교양 강의를 하고 있으며 강의가 끝날 때마다 강의 원고를 정리해 책으로 내고 있기 때문이다.

　방금 전 타이완 인터넷서점에 들어가 보니 어느새 『마크 트웨인 읽는 법』(가제)이 또 나왔다. 사실 양자오 선생은 최근 몇 년간 중국사 시리즈 집필에 박차를 가하고 있으며 벌써 열두 권째인 명나라 시대까지 출판을 마친 상태다. 그런데 그 와중에도 끊임없이 기타 교양서를 동시에 내고 있으니 이 사람의 열정과 박학은 그 바닥이 어디인지 의심스러울 정도다. 과연 『마르케스의 서재에서』로 잘 알려진 탕누어 선생과 함께 타이완을 대표하는 양대 문필가로 일컬어질 만하다. 그리고 이런 지성이 있기에 타이완은 앞으로도 영토적 정신적 독립성을 쉽게 잃지 않으리라 본다.

　그런데 원저자의 열정과 박학은 번역가에게 꼭 좋은 일만은 아니다. 이번에도 나는 『백년의 고독』을 마르케스의 생애, 라틴아메리카의 역사와 문화, 윌리엄 포크너, 리얼리즘과 마술적 리얼리즘, 종속이론과 해방신학, 근대 과학적 이성 비판과 차례로 연결하는 양자오 선생의 종횡무진 해설을 번역하느라 애를 먹었다. 게다가 번역을 초여름에 시작해 늦여름에 끝내는 통에 능률이 내내 안 좋았다. 결과적으로 탈고가 한 달 미뤄지고 말았다.

그래도 25년 전, 그러니까 학부 졸업 학기에 두어 달쯤 『백년의 고독』에 빠졌던 적이 있어서 별 어려움 없이 본서를 번역할 수 있었다. 미국을 종주국으로 삼는 선진 자본주의 세계에서는 라틴아메리카의 마술적 리얼리즘 문학이 대단히 낯설 수 있다. 하지만 지정학적 특수성과 냉전체제의 대립 구도가 아니었으면 사실 우리나라도 라틴아메리카처럼 제1세계로부터 종속적 발전을 강요받는 제3세계 국가가 되어 적극적으로 마술적 리얼리즘에 참여했을지 모른다. 실제로 중국 같은 경우는 마르케스가 노벨문학상을 받은 1982년 이후 거의 모든 작가가 『백년의 고독』에서 마술적 리얼리즘 기법을 습득해 자국의 현대문학에 이식했다. 자살한 아버지의 영혼이 자기 사후에 비참하게 살아가는 자식들을 관찰하는 내용인 쑤퉁의 『화씨 비가』가 대표적인 예다. 쑤퉁뿐만 아니라 위화, 팡팡, 모옌 등도 리얼리즘 정신을 구현하는 효과적인 수법으로 마술적 리얼리즘을 택해 표현의 한계와 검열의 제약을 극복한 바 있다.

그런데 이런 말을 하는 필자도 사실 학부 4학년 2학기 때에야 겨우 용기를 내어 『백년의 고독』을 펼쳤다. 역시 라틴아메리카 문학이 낯설기도 했거니와 제목에 '고독'이란 말이 떡하니 들어가 있어서 너무 형이상학적이고 재미없는 소설일 것 같았기 때문이다. 그러나 책장을 넘기자마자 내 예상은 여지없이 빗나갔으며, 결국 나는 이 소설이 프란츠 카프카의 『성』이나 윌리엄 포크너의 『압살롬, 압살롬!』의 깊이에 필적하는, 하지만 유머와 환상성에 있어서는 타의 추종을 불허하는 고전이라는 사실을 깨달았다. 그리고 이 매뉴얼 월러스틴의 '세계체제론', 포스트모더니즘에서 마술적 리얼리즘의 위상 등을 공부하며 이 소설의 사회문화적 가치를 이해했다. 졸업이 코앞인데도 취업 따위는 생각 저편으로 치워 두고 싶었던 젊은 날의 만용(?)이었다.

당시 내게 양자오 선생의 이 책이 있었다면 그런 만용은 부릴 필요가 없었을 것이다. 『백년의 고독』을 읽자마자 곧장 이 책의 해설을 읽었다면 굳이 여러 참고 도서를 뒤적일 필요 없이 단박에 이 소설의 모든 비밀을 꿰뚫어 보았을 것이다.

그건 그렇고 앞으로가 큰일이다. 헤밍웨이, 하루키, 카뮈, 마르케스는 모두 친숙한 작가라 쉽게 번역을 마쳤다. 그런데 남은 두 권은 『릴케 읽는 법』과 『영미 현대시 읽는 법』으로 이에 대해서는 아는 것이 전혀 없다. 진정으로 공부하며 번역하는 번역가가 돼야 할 참이다.

2022년 5월

김택규

가브리엘 가르시아 마르케스 연보

1927년 3월 6일 콜롬비아 마그달레나주의 작은 도시
아라카타카에서 태어나 외조부모 밑에서 성장.

1947년 수도 보고타의 국립대학에서 법률과 언론학 공부.

1948년 좌파 지도자 가이탄의 암살로 민중 폭동인 '보고타 사태'가
일어나 마르케스의 소설 원고가 불에 탐. 대학도 문을 닫아
보고타를 떠나 첫 번째 장편소설 『집』의 창작을 시도했지만
완성하지 못함.

1952년 헤밍웨이의 『노인과 바다』를 접함.

1953년 다시 보고타로 돌아와 자유파 신문 『엘 에스펙타도르』에서
일함.

1955년 첫 소설 『썩은 잎』을 보고타에서 출판. 『엘
에스펙타도르』의 특파원으로 유럽으로 건너감.

1958년 메르세데스와 결혼.

1961년 소설 『아무도 대령에게 편지하지 않다』 출판.

1965년 소설 『백년의 고독』 집필 시작.

1967년 『백년의 고독』을 출판해 큰 반응을 얻음.

1969년 『백년의 고독』으로 프랑스 최우수 외국소설상 수상.

1975년 소설 『족장의 가을』 출판.

1981년 소설 『예고된 죽음의 연대기』 출판.

1982년 노벨문학상 수상.

1985년 소설 『콜레라 시대의 사랑』 출판.

1989년 소설 『미로 속의 장군』 출판.

1992년 단편집 『이방의 순례자들』 출판.

2002년 자서전 『이야기하기 위해 살다』 출판.

2004년 소설 『내 슬픈 창녀들의 추억』 출판.

2014년 4월 17일 멕시코 멕시코시티에서 향년 87세를 일기로 사망.

세계문학공부를 펴내며

사람들은 종종 책과 문학을 분리합니다.

"책은 좋아하지만 소설은 읽지 않는다."

"시는 어렵고 내 취향이 아니다."

무람없이 이야기하며 독서의 대상에서 문학을 제외하지요. 문학의 쓸모를 의심하기도 합니다. 난해하고 당장 써먹을 지식도 아닌 것 같다면서요. 하지만 문학의 힘과 읽는 즐거움, 읽고 난 후의 감동을 경험하고 나누는 사람이 곁에 있으면 그 문을 두드려 보고 싶은 마음이 생길지도 모릅니다. 높은 산을 쉽게 오를 사잇길을 누군가 알려 주고 동행한다면 한번쯤은 같이 오를 마음이 생기는 것처럼요.

세계문학공부는 바로 이런 독자를 위해 기획한 시리즈입니다.

자기 시대, 자기 나라를 대표하는 작가로 불리는 이들이 있지요. 미국의 헤밍웨이, 일본의 하루키, 프랑스의 카뮈, 독일의 릴케, 콜롬비아의 마르케스…… 나는 읽지 않았어도 수많은 작가와 작품이 인용하고 어디선가 들어 본 이름들이 있습니다. "누구누구를 읽지 않고 어디어디 문학을 논하지 말라."와 같은 무섭고도 거창한 말도 간혹 들리지요. 하지만 그런 협박성 추천을 들어도 읽어 볼 엄두가 쉽게 나지는 않습니다. 일단 두껍고, 다른 나라 이야기이고, 한두 권도 아닌데 왜 읽어야 하는지 모르겠으니까요.

이 시리즈를 쓴 양자오 선생은 중화권을 대표하는 인문학자로 세계에서도 보기 드문 전방위적 텍스트 해설 능력을 갖춘 독서가입니다. 당신 자신이 소설가이자 좋은 책을 소개하는 라디오 프로그램의 진행자이며 탁월한 문예비평가이기도 합니다. 선생은 책과 문학의 문 앞에 서서 주저하는 이들을 위해 '명작을 남긴 거장'으로 손꼽히는 작가와 그들이 살았던 시대, 그들의 뛰어나고 독특한 작품을 만든 삶과 체험에 대해 이야기합니다. 기질은 어떻고 무엇을 좋아했는지, 어느 때 어디에 살았고 그때 그곳에서 어떤 일을 보고 겪었는지, 어떤 경험이 이 사람을 이런 작가로 만들었으며 그 모습이 여실히 드러난 대표작은 무엇인지 읽노라면 멀게만 느껴지던 작가가 조금씩 친근해지며 이런 '사람'이 쓴 값진 '이야기'를 읽어 보고 싶어집니다. 오랜 숙원인 '세계문학 읽기'가 시작되는 것이지요.

이미 문학 읽기의 기쁨을 아는 독자에게는 다시 읽기의 즐거움을 함께 맛보자고 제안합니다. "저도 예전에 읽었는데 이번에 다시 읽으니 이런 것들이 보였습니다만……" 하면서요.

읽다 보면 '어, 나도 읽었는데 왜 이건 못 봤지?' 하는 마음이 들며 먼지가 소복이 쌓인 서가에 꽂아 둔 오래된 이야기를 다시 읽고 싶어집니다. 언젠가 해 보려 했던 '다시 읽기'가 시작되는 것이지요.

스스로를 알고 타인을 이해하는 것이 문학 읽기의 쓸모라고 말하는 사람들이 있습니다. 문학은 언제나 우리를 더 나은 사람이 되도록 이끈다고 말하는 사람들도 있지요. 이 책은 우리를 이 쓸모의 바로 앞까지 데려다줍니다. 작가가 궁금해져서 작품 읽기를 시작해 보고 싶은 마음, 다시 읽기를 통해 이전에는 몰랐던 작가의 새로운 모습을 발견하고 싶은 마음, 나아가 작가가 살았던 시대와 세계까지 알고 싶은 마음이 생긴 독자와 함께 읽고 싶습니다.

유유 편집부 드림

이야기를 위한 삶
: 마르케스 읽는 법

2022년 6월 4일   초판 1쇄 발행

지은이   **옮긴이**
양자오   김택규

펴낸이   **펴낸곳**   **등록**
조성웅   도서출판 유유   제406-2010-000032호 (2010년 4월 2일)

                주소
                서울시 마포구 동교로15길 30, 3층 (우편번호 04003)

전화   **팩스**   **홈페이지**   **전자우편**
02-3144-6869   0303-3444-4645   uupress.co.kr   uupress@gmail.com

                페이스북   **트위터**   **인스타그램**
                facebook.com   twitter.com   instagram.com
                /uupress   /uu_press   /uupress

편집   **디자인**   **조판**   **마케팅**
김은우, 류현영   이기준   정은정   황효선

제작   **인쇄**   **제책**   **물류**
제이오   (주)민언프린텍   다온바인텍   책과일터

ISBN 979-11-6770-030-8 04800
      979-11-89683-93-1 (세트)

세계문학공부 시리즈

영원한 소년의 정신
: 하루키 읽는 법

— 양자오 지음, 김택규 옮김

왜 사람들은 하루키에 열광할까? 하루키의
작품은 언제부터 청춘의 필독서로
여겨졌을까? 하루키의 작품 속 인물들은
왜 늘 알 수 없는 선택과 이상한 행동을
할까? 중화권의 대표적인 인문학자 양자오
선생이 무라카미 하루키를 향해 쏟아진 많은
질문들에 명쾌한 답을 제시한다.

인생과의 대결
: 헤밍웨이 읽는 법

— 양자오 지음, 김택규 옮김

헤밍웨이를 알지 못하고 제대로 읽어
본 적 없는 독자에게는 이 책을 시작으로
헤밍웨이의 작품과 교양으로서의 문학을
접하기를, 오래전에 그의 작품을 읽고
그의 삶에 대해 어느 정도 아는 독자에게는
조금 더 폭넓은 헤밍웨이 읽기를 시도해
보길 제안한다.